Wer zuletzt lacht …

Bettina Huchler

AF220717

Bettina Huchler

wer zuletzt lacht ...

Bibliografische Information der Deutschen Nationalbibliothek:
Die Deutsche Nationalbibliothek verzeichnet diese Publikation in der Deutschen Nationalbibliografie; detaillierte bibliografische Daten sind im Internet über http://dnb.dnb.de abrufbar.

© 2020 Bettina Huchler
c/o Papyrus Autoren-Club
R.O.M. Logicware GmbH
Pottenkoferstr. 16-18
10247 Berlin

Lektorat: Luise Deckert
Korrektorat: Runde L. Green
Cover: Giessel Design

Herstellung und Verlag: BoD – Books on Demand, Norderstedt

ISBN: 978-3-7519-5490-7

Für meine Testleser, die nicht genug von der Geschichte bekommen konnten.

Kapitel 1

Mit dem letzten Klingeln für dieses Schuljahr verließen Mira und ihre Mitschülerinnen Susanne, Claudia und Laura gemeinsam das Schulgebäude.

»Endlich Ferien! Ich habe mir übrigens vorgenommen, mich von nun an ausschließlich vegan zu ernähren.«

Mira sah Susanne entsetzt an. »Wie bitte? Ist das dein Ernst? Das bedeutet dann wohl, nie wieder McDonald's?«

»Ganz genau. Ist doch eh alles nur fettiges, ungesundes Zeug.«

»Aber warum dann gleich vegan und nicht vegetarisch?«, hakte Mira nach.

»Weil die vegane Ernährung die gesündeste ist.«

Laura nickte. »Das ist klasse.«

»Stimmt. Ich habe auch schon mal daran gedacht, mich vegan zu ernähren. Das wäre dann wohl der richtige Zeitpunkt, auch damit zu beginnen«, sagte Claudia.

Mira verdrehte die Augen. Dass Laura und Claudia Susanne alles nachplapperten, war nichts Neues. Aber meinte Susanne wirklich, was sie da sagte? Wie konnte eine Ernährungsform als gesund bezeichnet werden, bei der man sich fehlende Vitamine oftmals mittels Tabletten zuführen musste? Darüber hatte sie erst vor Kurzem einen Bericht gesehen. Aber Mira kannte sich damit nicht wirklich aus und wusste außerdem, wie stur Susanne sein konnte. Wenn sie sich etwas in den Kopf gesetzt hatte, würde sie das auch knallhart durchziehen, ganz egal, was andere davon hielten.

Deshalb zuckte Mira nur mit den Schultern. »Also für mich wäre das absolut nichts. Da fallen viel zu viele leckere Lebensmittel weg.«

Susanne musterte Mira abschätzig. »Das glaube ich dir gern.«

Mira wusste ganz genau, worauf ihre Freundin anspielte. Im Gegensatz zu Susanne, Laura und Claudia hatte Mira eindeutig keine Modelmaße. Nicht nur, dass sie fast einen Kopf kleiner war als Susanne, sie trug auch keine XS. Selbst eine S saß meist sehr eng und ließ sie wie eine Presswurst aussehen. Daher kaufte sie ihre Kleidung stets in Größe M, manchmal auch in L, um mögliche Rundungen besser kaschieren zu können.

In unschöne Gedanken versunken, ob sie vielleicht doch zu dick war, lief Mira neben den anderen über den Schulhof in Richtung Ausgang.

»Also dann, bis bald. Wir sehen uns sicherlich in den Ferien«, sagte Laura und hob die Hand zum Gruß.

»Aber klar doch.« Susanne winkte ihr und Claudia hinterher.

Mira nickte ihnen lächelnd zu. Sie hielt von den beiden nicht viel. Ständig klebten sie an Susanne und mussten alles genau so machen wie sie. Hatten sie denn nie eine eigene Meinung? Mira wusste, dass weder Laura noch Claudia sie wirklich mochten. Sie akzeptierten sie nur, wenn Susanne in der Nähe war. Diese hatte sie auch schon des Öfteren zur Ordnung gerufen, wenn sie Mira wieder einmal verbal angriffen. Auf Susanne konnte sich Mira in der Hinsicht echt verlassen, sie hielt zu ihr, wenn es darauf ankam.

»Weißt du denn schon, was du in den Ferien unternehmen wirst?«, fragte Susanne plötzlich.

»Da wir dieses Jahr nicht in den Urlaub fahren, muss ich mal schauen, was sich ergibt.«

Susanne blieb stehen und starrte sie mit großen Augen an. »Kein Urlaub? Du Ärmste. Wir fliegen dieses Jahr für drei Wochen nach Malta. Nichts als Sonne, Strand und Meer – und hoffentlich auch ein paar echt coole Typen. Ich freue mich jedenfalls schon wahnsinnig darauf, auch wenn ich bis dahin noch die ersten drei Ferienwochen rumkriegen muss.« Auf Susannes Gesicht breitete sich ein Strahlen aus. »Drei Wochen Zeit für die ein oder andere Party. Gleich heute Abend steigt auch eine. Sag mal, Mira, hättest du heute Zeit, um mir wieder mal ein paar Tipps für mein Styling zu geben?« Sie warf ihre langen blonden Haare mit gekonnter Handbewegung nach hinten, legte den Kopf schräg und sah Mira fragend an.

Miras Stimmung trübte sich ein wenig mehr. Nun war sie bereits sechzehn Jahre alt, würde nach den Ferien in die Oberstufe kommen und war noch nicht einmal auf einer richtigen Party gewesen. Die langweiligen Schuldiscos zählten nicht. Da saß sie eh meist nur in der Ecke herum und sah den anderen bei ihrem albernen Rumgehopse zu, das diese tanzen nannten. Nein, eine richtige Party stellte sich Mira ganz anders vor. Lockerer. Klar würde dort ebenfalls Musik gespielt und dazu getanzt werden. Aber es gab sicherlich auch leckeres Essen und tolle Gespräche. Susanne hatte ihr erzählt, dass sie auf Partys gewesen war, bei denen es Alkohol gegeben hatte – vom Rauchen ganz zu schweigen. Beides kam für Mira nicht infrage. Man konnte doch auch ohne solche Drogen Spaß haben.

»Erde an Mira. Hallo, jemand zu Hause?« Susanne fuchtelte albern mit ihren Händen vor Miras Gesicht herum.

Diese blinzelte ihren Tagtraum weg, ehe ihr Susannes Frage wieder einfiel. »Klar kann ich vorbeikommen, gar kein Problem. Wann soll ich bei dir sein?«

»Am besten so um vier. In Ordnung?«

Mira verzog das Gesicht. »Ich kann erst gegen fünf. Du weißt doch, meine Filialleiterin im Supermarkt lässt mich nicht eher gehen. Nicht mal, wenn ich schon alle Regale aufgefüllt habe.«

Verärgert schüttelte Susanne den Kopf. »Ich kann echt immer noch nicht begreifen, warum du dir das antust. Ich an deiner Stelle hätte schon längst das Handtuch geschmissen.« Sie lachte laut auf. »Nein, Quatsch. Ich hätte mit diesem Blödsinn erst gar nicht angefangen.«

Mira seufzte. Diese Diskussion hatte sie mit Susanne schon unzählige Male geführt. Es war für Mira aber nun mal ein schönes Gefühl, sich durch die Arbeit im Supermarkt ihr Taschengeld aufbessern zu können. Außerdem machte sie den Job noch nicht so lange. Sie hatte dort erst vor zwei Monaten angefangen. Aufgeben kam für sie nicht infrage. Warum auch? Ihr machte die Arbeit Spaß und die Kollegen waren allesamt sehr nett.

»Also gut, fünf Uhr geht auch – gerade noch so, also sei bitte pünktlich, ja?«, lenkte Susanne ein. Sie holte ihr Handy und eine Haarbürste aus ihrer Tasche. »Warte mal, wir müssen noch ein Foto für Instagram machen. Schließlich haben wir den letzten Tag des Schuljahres soeben erfolgreich hinter uns gebracht.«

Sie richtete sich die Haare, packte die Bürste weg und legte Mira einen Arm um die Schulter. Beide lächelten in die Frontkamera, als der Selbstauslöser, den Susanne eingestellt hatte, seinen Dienst verrichtete.

Sofort prüfte Susanne, ob das Foto was geworden war. Sie verzog das Gesicht. »Nein, das geht so nicht. Wie liegen meine Haare denn schon wieder?« Sie zog die Haarbürste erneut aus ihrer Tasche, um ihre Frisur in die richtige Form zu bringen. Dabei besah sie sich durch die Frontkamera des Handys. »So, jetzt. Versuchen wir es einfach noch einmal.«

Mira kannte das schon von Susanne. Selten war diese mit dem ersten Foto zufrieden. Oftmals wurde die Prozedur mehrmals wiederholt.

Susanne wiegte den Kopf hin und her, während sie das Foto betrachtete. »Na ja, könnte besser sein, aber ist okay.« Mit ein paar Klicks hatte sie das Bild gepostet und steckte das Handy wieder ein.

Vor dem Schultor verabschiedeten sich die Freundinnen voneinander. Susanne rauschte eiligen Schrittes davon, während Mira in Richtung Fahrradständer blickte.

Da war er wieder: der wohl bestaussehendste Junge der ganzen Schule. Viel wusste Mira allerdings nicht über ihn. Er hieß Marcel und ging in die Klassenstufe über ihr. Schon oft hatte sie ihn heimlich während der Hofpausen von Weitem beobachtet. Ihn anzusprechen traute sie sich allerdings nicht. Obwohl sie ihn noch nie mit einem Mädchen zusammen gesehen hatte, konnte sie sich gut vorstellen, dass er eine Freundin hatte. So süß wie er war, hatte Mira bei ihm sicherlich nicht die geringste Chance.

Genauso wie Susanne trug Marcel ausschließlich Markenklamotten. Solche Kleidung konnten sich Miras Eltern nicht leisten. Dafür verdienten sie nicht genug. Das war auch der Grund, warum sie dieses Jahr nicht wegfuhren. Drei Wochen am Stück waren sie sowieso noch nie weggewesen. Ein wenig beneidete Mira Susanne schon dafür, dass ihre Familie sich so viel leisten konnte. Aber war Geld wirklich alles? Wenn Mira genauer darüber nachdachte, war sie glücklich und es fehlte ihr an nichts.

Markenklamotten interessierten sie nicht im Geringsten. Auch günstigere Kleidung konnte durchaus gut aussehen. Es kam eben immer auf die Kombination an. Klar musste sie deshalb den ein oder anderen fiesen Kommentar ihrer Mitschüler über sich ergehen lassen. Die meisten trugen überwiegend Markenklamotten – und wer das nicht tat, war ein schlechter Mensch. Zumindest kam es Mira hin und wieder so vor. War das vielleicht der Grund, warum Susanne ihre einzige Freundin war? Claudia und Laura waren für sie lediglich Klassenkameradinnen. Aber ganz ehrlich, es war ihr egal. Sie brauchte nicht viele Menschen um sich herum, sie hatte lieber welche, die es ehrlich mit ihr meinten. Noch wichtiger war für sie, dass sie mit sich selbst zufrieden war. Und genau das war sie.

Nur hin und wieder schlichen sich ein paar Zweifel in ihre Gedanken. Wie zum Beispiel eben, als Susanne sie wegen ihrer nicht ganz idealen Figur gemustert hatte. In solchen Situationen fragte sie sich manchmal, ob sie nicht doch mal eine Diät machen sollte. Andererseits fand sie sich nicht wirklich zu dick. Außerdem aß sie viel zu gern.

Da waren ihre Gedanken also wieder beim Thema Styling und Ernährung angekommen.

Sie musste daran denken, dass sie Susanne später ein paar Stylingtipps geben sollte. Doch wenn diese von Tipps sprach, war das nicht damit gemeint. Denn es war bei Weitem mehr als lediglich ein bisschen Hilfestellung, die Mira ihr gab. Meistens stylte sie ihre Freundin komplett und half ihr sogar bei der Zusammenstellung der Klamotten für die jeweilige Feier. Susanne hatte dafür kein Händchen. Im Alltag klappte das erstaunlich gut, aber sobald sie auf eine Party gehen wollte, sah sie häufig aus wie ein schräger Papagei. Sie hatte einfach noch nicht begriffen, dass oftmals weniger mehr war. Allerdings legte Susanne großen Wert darauf aufzufallen – um jeden Preis.

Aber im Endeffekt half Mira ihrer Klassenkameradin gern. Es war für sie eine gute Übung, denn sie wollte später unbedingt Kosmetikerin oder Maskenbildnerin werden. So genau hatte sie sich nicht festgelegt, schließlich hatte sie auch noch ein wenig Zeit. Es war faszinierend, wie etwas Schminke, eine andere Frisur und die dazu passende Kleidung aus einem Menschen einen völlig neuen Typ machen konnten.

Sie selbst schminkte sich für die Schule nur dezent. Die Wimpern tuschte sie täglich und hin und wieder legte sie ein wenig Lipgloss auf. Wenn sie Lust und Zeit hatte, kam noch ein Lidstrich dazu. Es hieß doch immer, dass die Augen der Spiegel der menschlichen Seele waren, also durften diese auch entsprechend betont werden. Wenn sie Langeweile hatte, experimentierte sie zu Hause gern mit ihrem kleinen Schminkkoffer herum, den sie vor drei Monaten von ihren Eltern zum Geburtstag bekommen hatte. Darüber hatte sie sich wahnsinnig gefreut. Eine solche Auswahl an Produkten hatte sie noch nie zuvor gehabt.

»Hey, Marcel, sehen wir uns heute Abend auf der Party?« Von dem Rufen eines Jungen wurde Mira zum zweiten Mal innerhalb kürzester Zeit aus einem ihrer vielen Tagträume gerissen.

Sie stand noch immer am Schultor und starrte in Richtung der Fahrradständer, wo sich Marcel mit seinen Kumpels unterhielt.

Er drehte sich auf einmal um und blickte zu ihr.

Schnell nahm Mira ihre Schultasche vom Rücken und kramte darin herum. Das Herz klopfte ihr bis zum Hals. Hatte er bemerkt, dass sie ihn angestarrt hatte? Hoffentlich nicht.

»Klar werde ich da sein. Was denkst du denn? Schließlich muss man den Ferienbeginn feiern, oder?«, antwortete Marcel.

Die Jungs verabschiedeten sich voneinander und Marcel schwang sich auf sein Fahrrad und fuhr los.

Endlich konnte Mira aufatmen, doch ihr Herzschlag beruhigte sich nur allmählich. Es wurde Zeit, dass sie sich auf den Heimweg machte. Dabei überlegte sie, ob ihr Schwarm am Abend wohl auf derselben Party sein würde wie Susanne.

Eine winzige Hoffnung keimte in Mira auf – wie eigentlich jedes Mal, wenn sie Susanne beim Styling half. Mira würde ihr auch heute wieder die Frage stellen, die ihr fast genauso starkes Herzklopfen bescherte wie Marcels Anblick. Vielleicht würde Susanne diesmal zustimmen und sie endlich einmal mit auf eine Party nehmen. Irgendwann musste sich ihre Hilfe doch auch mal für sie bezahlt machen, oder?

Kapitel 2

Bei der Arbeit im Supermarkt war Mira so unkonzentriert wie nie zuvor.

»Was ist heute nur mit dir los? So kenne ich dich gar nicht.«

Mira zuckte zusammen und hätte beinahe die Palette Pudding fallen gelassen, mit der sie wohl schon mehrere Minuten in Gedanken versunken vor dem Kühlregal gestanden hatte. Sie hatte die Filialleiterin nicht kommen sehen. Mira entschloss sich dazu, einfach die Wahrheit zu sagen. Denn was brachte es ihr, nach irgendeiner Ausrede zu suchen und diese vermutlich auch noch unglaubwürdig stammelnd vorzubringen? »Bitte entschuldigen Sie, Frau Winter. Ich war mit meinen Gedanken gerade ganz woanders. Denn möglicherweise gehe ich heute Abend auf meine allererste Party und bin deshalb ein wenig nervös.«

Frau Winters Gesicht hellte sich auf. »Ah, das verstehe ich. Vor meiner ersten Party war ich mehr als nervös. Ach, wie lange ist das jetzt schon her? Und vielleicht ist da ein süßer Typ, den du gern näher kennenlernen möchtest, hm?«

Prompt merkte Mira, wie ihr die Hitze zu Kopf stieg.

Frau Winter nickte lächelnd. »Du hast ja gleich Feierabend. Und für heute Abend wünsche ich dir auf jeden Fall ganz viel Spaß.

Mira hoffte sehr, dass sie den haben würde.

Kaum war ihre Schicht beendet, beeilte sie sich, nach Hause zu kommen und ihren Schminkkoffer zu holen. Den hatte sie nämlich nicht mit zur Arbeit nehmen wollen, aus Angst, dass ihn jemand klauen könnte. Sie packte noch ein paar Klamotten für sich selbst in ihren Rucksack, die sie anziehen könnte, wenn Susanne sie zu der Party mitnahm.

Danach machte sie einen kurzen Abstecher zum Café, das auf dem Weg lag und kam gerade noch rechtzeitig bei ihrer Freundin an.

Diese war wie immer vor einer Party total hibbelig. Diesmal kam sie Mira allerdings besonders aufgedreht vor.

»Was ist denn mit dir los?«

»Schau! Ich habe dieses Handy für mein gutes Zeugnis bekommen. Es ist das neueste Modell. Ist das nicht großartig?«

Mira rollte innerlich mit den Augen. Sie selbst bekam immer nur die abgelegten Handys von ihren Eltern, was ihr vollkommen ausreichte. Generell bekam sie für ein gutes Zeugnis ein Lob, aber niemals materielle Dinge. Das war für sie auch absolut in Ordnung.

Auf einmal schoss ihr der Gedanke durch den Kopf, dass die Zeugnisausgabe erst vor wenigen Stunden stattgefunden hatte. Sie runzelte die Stirn. »Moment, du bist heute noch mit deinen Eltern losgegangen, um dir das Handy zu kaufen?«

Susanne lachte. »Aber nein. Das hatten sie natürlich schon vorher.«

»Was wäre denn gewesen, wenn dein Zeugnis nicht so gut ausgefallen wäre?«

Susanne zuckte mit den Schultern. »Dann hätte ich es erst zu meinem Geburtstag bekommen und noch ewig darauf warten müssen.«

Mira hob eine Augenbraue. »Du hast im August Geburtstag.«

»Sag ich doch, das ist noch ewig lange hin.«

Mira sparte sich eine entsprechende Antwort und hielt Susanne stattdessen einen der beiden Pappbecher hin. »Hier, hab ich uns mitgebracht. Caramel-Macchiato, wie immer.«

Susanne machte keine Anstalten, ihr den Becher abzunehmen. »Welche Milch wurde denn verwendet?«

»Keine Ahnung. Vollmilch, nehme ich an – ich hoffe es zumindest, fettarme schmeckt doch nicht.«

Angewidert verzog Susanne das Gesicht. »Dann kannst du das Zeug allein trinken. Das ist beides Kuhmilch und somit alles andere als vegan.«

Dass Susanne ab sofort auf tierische Produkte verzichten wollte, hatte Mira im Laufe des Tages glatt wieder vergessen. Sie zuckte mit den Schultern und stellte beide Becher auf den Schreibtisch.

»Schau mal, ich habe schon ein paar Outfits rausgesucht. Was meinst du, ist etwas dabei, das ich anziehen könnte?« Susanne deutete auf die fünf Kombinationen auf ihrem Bett.

Beim Zusammenstellen der Kleidung folgte Mira keinem bestimmten Trend, sondern ließ sich stets von ihrem Bauchgefühl leiten, das sie bisher noch nie getäuscht hatte.

Sie ging hinüber zum Bett, nahm ein weißes, jedoch frech geschnittenes Oberteil von dem einen Outfit und kombinierte es mit der schwarzen Röhrenjeans eines anderen.

»Ist das nicht zu schlicht?«, warf Susanne ein, als Mira gerade weiße Sandalen hinzunahm.

»Warts ab.« Sie klaubte passenden Schmuck von der Kommode zusammen und bat Susanne, alles einmal anzuprobieren.

Als diese kurz darauf vor dem Spiegel stand und sich betrachtete, riss sie ihre Augen auf. »Wow! Das hätte ich jetzt nicht erwartet. Es sieht total elegant aus.«

Nun konnten sich die Mädchen dem Make-up widmen. Mira zauberte ihr Smokey Eyes mit drei verschiedenen Brauntönen, die ihre blauen Augen zur Geltung brachten, und kombinierte sie mit einem roséfarbenen Lippenstift.

Susanne war wie immer zufrieden.

Als Mira gerade dabei war, ihren Schminkkoffer zusammenzupacken, holte sie noch einmal tief Luft. »Wer wird denn heute Abend alles auf der Feier sein und wo findet sie überhaupt statt?«

»Die Party ist in dem Jugendclub. Es ist zwar ätzend, dass wir nur bis Mitternacht feiern dürfen, weil wir noch nicht volljährig sind, aber ansonsten ist es cool da. Und sicherlich werden wieder die Üblichen dort sein. Einige von unserer Schule, die meisten kennst du nicht.«

»Meinst du, ich könnte vielleicht diesmal mitkommen? Ich habe meine Eltern schon gefragt. Sie haben nichts dagegen.« Dass sie um elf Uhr wieder zu Hause sein sollte, verschwieg sie lieber. Sonst würde Susanne möglicherweise der Meinung sein, dass sich das gar nicht lohnte. Aber auf die eine Stunde, die Susanne länger da war, kam es sicherlich nicht an.

Doch Miras Freundin hörte ihr überhaupt nicht zu. Sie plapperte weiterhin aufgeregt: »Auf der Party letzten Samstag habe ich einen super Typen kennengelernt. Und stell dir vor, heute Abend kommt er auch. Ich freue mich schon jetzt sehr darauf, ihn zu sehen, das kannst du dir nicht vorstellen.«

Langsam sank Miras Hoffnung wieder. Was interessierten sie Susannes Bekanntschaften? Stattdessen sollte sie lieber auf ihre Frage antworten und diese nicht einfach ignorieren. Sie wollte auf eine Party, wenigstens einmal in ihrem Leben. Deshalb wiederholte sie ihre Frage.

Susanne sah sie zum zweiten Mal an diesem Tag an, als hätte sie soeben ein Gespenst erblickt. »Du?!« Sie lachte aus voller Kehle. »Was willst du denn auf einer Party? Du würdest mit deinem Erscheinen doch nur alle vergraulen. Für eine Party muss man besser aussehen als du. Da, wo ich hingehe, verkehrt nur die Crème de la Crème. Schüchterne graue Mäuse sind da nicht gern gesehen. Das soll jetzt nichts gegen dich persönlich sein. Ich mag dich, das weißt du, sonst wären wir nicht befreundet. Aber ich weiß, wie gemein die anderen zu denen sein können, die nicht in ihrer Liga spielen.«

Mira war den Tränen nahe, versuchte jedoch, diese zu unterdrücken. Sie kannte sich mit Partys nicht aus, hatte nur einiges darüber gehört und gelesen. Wenn es eine Privatparty war, durfte ihre Freundin sie vielleicht gar nicht mitnehmen, weil sie nicht eingeladen war.

Mira hatte schon oft von Susanne gehört, dass es im Jugendclub hin und wieder solche gab – zum achtzehnten Geburtstag zum Beispiel. Aber sie wusste, dass Susanne auch immer mal wieder zu öffentlichen Partys ging, bei denen man keine Einladung brauchte, sondern Eintritt bezahlte. Nun wusste sie natürlich nicht, wie es sich bei dieser Party verhielt. Auch war ihr nicht klar, wer die einzelnen Gäste waren. Vielleicht passte sie wirklich nicht hinein.

Susanne hingegen kannte sicher die meisten Gäste, die auf der Party anzutreffen war. Folglich musste Mira ihr glauben, dass es keine Feier für sie war. Aber hätte Susanne das nicht netter formulieren können?

Klar, Mira war sich durchaus bewusst, dass sie nicht gerade dem Schönheitsideal entsprach. Allerdings wollte sie auch kein Model werden. Sie hatte aschblonde Haare, aber nicht, wie es gerade modern war, in Graublond gefärbt. Miras Mutter nannte diese Haarfarbe auch gern Straßenköterblond. Ihre Nase war einen Tick zu breit und ihre Lippen sehr schmal. Mit einer Körpergröße von gerade mal 1,61 Metern gehörte sie zu den Kleinsten in ihrer Klasse und musste zu jedem aufschauen –

oder sie schauten auf sie herunter, wie auch immer man es sehen wollte. Bei Susannes Worten hatte es ihr die Sprache verschlagen. Sie hatten Mira verärgert. Mit großen Augen starrte Mira ihre Freundin an und versuchte, nicht wie ein kleines Kind loszuheulen.

Susanne betrachtete sich im Spiegel und zupfte ein paar Haarsträhnen zurecht. »Du solltest jetzt besser gehen. Sabrina kommt gleich, um mich abzuholen«

Mira hatte sich schon oft gefragt, warum Sabrina Susanne nicht beim Styling half. Immerhin war sie ihre beste Freundin. Die beiden kannten sich, soweit sie wusste, seit der Grundschule und sie besuchten immer gemeinsam die Partys. Einmal hatte Mira Susanne direkt danach gefragt, warum sie sich nicht zusammen mit Sabrina für die Feier fertig machte, doch sie war ihr ausgewichen.

Ohne ein weiteres Wort raffte Mira ihre Sachen zusammen, schnappte sich sowohl Rucksack als auch Schminkkoffer und verließ schnellen Schrittes das Einfamilienhaus.

Endlich konnte sie ihren Tränen freien Lauf lassen, was allerdings dazu führte, dass sie von ihrer Umgebung kaum noch etwas wahrnahm.

Instinktiv schlug sie den Weg zum Stadtpark ein.

Diesen durchquerte sie immer, weil er die beste Abkürzung zwischen ihrem und Susannes Zuhause bildete. Doch noch wollte sie nicht heim, nicht in ihrem derzeitigen Zustand. Deshalb steuerte sie eine Parkbank an, die versteckt in einer Ecke am Ententeich stand. Auf dieser ließ sie sich nieder, schlug die Hände vor das Gesicht und schluchzte. Warum musste ihr so etwas passieren? Sie konnte Susanne die verletzenden Worte kurz vor ihrem Rausschmiss nicht verzeihen, dafür hatten diese sie viel zu tief getroffen. Für Mira war ihre Freundschaft beendet. Ein solches Verhalten musste sie sich nun wirklich nicht gefallen lassen. Lieber bleib sie allein, als von einer angeblichen Freundin so beleidigt zu werden. Unter Freundschaft verstand sie etwas vollkommen anderes. Erst in diesem Moment fiel ihr auf, dass Susanne immer nur nahm, aber nie etwas zurückgab. Keinen einzigen Gefallen hatte sie Mira bisher getan. Immer hatte sie ihr irgendwelche Ausflüchte entgegengebracht.

Auf einmal spürte Mira etwas Feuchtes an ihrem Arm und zuckte zusammen. Sie nahm die Hände vom Gesicht und blinzelte, um besser sehen zu können.

Vor ihr stand ein Schäferhund, der den Kopf zur Seite legte.

»Na, wer bist denn du?«, fragte sie mit belegter Stimme.

Der Hund bellte kurz auf.

»Du bist ja ein ganz Lieber. Aber sag mal, du bist doch sicherlich nicht allein unterwegs, oder? Wo ist denn dein Herrchen oder Frauchen, hm?«

Wieder bellte der Hund einmal.

In dem Moment hörte sie jemanden rufen. »Booser, wo steckst du? Booser! Komm sofort hierher!«

Bellend rannte Booser um den Busch hinter der Bank herum.

»Da bist du. Einfach weglaufen, also wirklich. Hey, Moment, was ist denn los? Wo willst du hin? Warte! Bleib hier! Booser!«

Kurz darauf kam der Hund auch schon wieder um die Ecke geschossen. Dicht hinter ihm folgte niemand anderes als Marcel.

Mira riss die Augen weit auf und brachte keinen Ton heraus. Das konnte doch nicht wahr sein! Ausgerechnet ihm musste sie in diesem fürchterlichen Zustand begegnen. Der Abend wurde ja immer besser!

»Oh, hi! Ich hoffe, mein Hund hat dich nicht belästigt. Er ist sonst nicht so, wirklich. Aber keine Angst, er tut niemandem was zuleide. Booser, komm sofort hierher!«

Doch Booser dachte nicht daran. Stattdessen setzte er sich direkt vor Mira ins Gras und blickte sie erneut mit schiefem Kopf an. Er winselte leise.

Marcel grinste verlegen und kratzte sich am Hinterkopf. »Okay, normalerweise hört er allerdings auch deutlich besser. Booser, du Schlingel! Sorry!«

Mira schüttelte den Kopf. »Er belästigt mich nicht. Alles gut.« Sie wischte sich über die Augen, obwohl sie damit ihre Wimperntusche sicherlich noch mehr verschmierte. Immer stärkerer Groll auf Susanne wuchs in ihr.

Marcel betrachtete sie genauer. »Hey, was hast du denn? Ist etwas passiert? Du bist ja völlig fertig.« Seine braunen Wuschelhaare bewegten sich in dem leichten Wind. Mit seinen eisblauen Augen sah er sie mitleidig an.

Mira war sich nicht sicher, ob sie ihm von Susanne erzählen sollte. Sie konnte gerade keinen klaren Gedanken fassen. Ihr Herz klopfte so laut, dass Mira schon befürchtete, Marcel könnte es hören.

Booser legte Mira eine Vorderpfote auf das Knie und blickte sie mit seinen treuen Hunde-augen an.

Marcel trat näher und tätschelte seinem vier-beinigen Freund den Kopf. »Schau, Booser möchte auch wissen, was mit dir los ist und wie wir dir helfen können.«

Mira stockte abermals der Atem, als sich Marcel neben sie setzte. Sie hatte nichts zu ver-lieren. Deshalb erzählte sie ihm in groben Zü-gen, was sie so sehr aufwühlte. Sie versuchte auszublenden, dass es ausgerechnet Marcel war, dem sie ihr Herz ausschüttete. Nie hätte sie für möglich gehalten, dass sie jemals ganz normal und ohne Stottern mit ihm reden konnte – schon gar nicht über ein solches Thema. Aber erstaunlicherweise funktionierte es.

Marcel war ein guter Zuhörer. Nicht einmal unterbrach er ihren Redeschwall und anschlie-ßend schwieg er einen Moment nachdenklich. »Das klingt wirklich nicht schön.« Er warf ei-nen Blick auf seine Armbanduhr. »Ich habe heute leider keine Zeit mehr, weil ich verabredet bin. Das, was diese Sabine mit dir gemacht hat, ist alles andere als nett.«

Sie schmunzelte. »Susanne. Sie heißt Susanne. Und ich bin übrigens Mira.«

»Von mir aus heißt sie Susanne. Hi, Mira. Ich bin Marcel.«

Verlegen blickte sie zu Boden. »Ich weiß. Du gehst auch auf das Goethegymnasium.«

Nun weiteten sich Marcels Augen. »Du kennst mich? Warum wusste ich dann bis eben noch nicht, wer du bist?«

Mira zuckte mit den Schultern. »Kennen ist vielleicht zu viel gesagt. Ich habe nur mal mitbekommen, wie dich jemand mit deinem Namen angesprochen hat, als ich gerade in der Nähe war. Mehr nicht.« Dass sie ihn oftmals auf dem Schulhof heimlich beobachtete, verschwieg sie ihm wohlweißlich.

Es schien, als hätte Marcel erleichtert aufgeatmet. Aber sie konnte sich auch geirrt haben.

»Pass auf, wir treffen uns morgen Nachmittag gegen drei Uhr wieder hier. Vielleicht fällt mir bis dahin etwas wegen dieser Sandra ein.«

»Namen sind nicht wirklich deine Stärke, was?«

»Ich merke mir grundsätzlich nur Namen, die sich zu merken lohnen. Deinen zum Beispiel, Mira.«

Ihr Herz stolperte. Seine unbeschwerte Art besserte ihre Laune ungemein. Außerdem wurde er ihr dadurch noch viel sympathischer. Dennoch irritierte sie eine Sache. »Weshalb möchtest du dir eigentlich etwas wegen Susanne einfallen lassen? Immerhin kennst du mich doch gar nicht.«

»Dafür, dass wir tatsächlich auf dieselbe Schule gehen, finde ich es ehrlich gesagt sogar sehr schade, dass du mir nicht schon vorher aufgefallen bist. Aber davon einmal abgesehen, gefällt mir nicht, was deine angebliche Freundin die ganze Zeit mit dir abgezogen hat. So sollte man nicht miteinander umgehen. Freunde ziehen am selben Strang und nicht an zwei verschiedenen Enden.«

Etwas betrübt beobachtete Mira den Sonnenuntergang über dem Ententeich. »Im Endeffekt bin ich ja selbst daran schuld. Ich hätte mich schon viel früher von ihr abwenden sollen. Aber dann wäre ich wieder ganz allein.« Eine einsame Träne kullerte über ihre Wange, was sie aber nicht bemerkte.

Ruckartig stand Marcel auf, sodass nicht nur Mira zusammenzuckte, sondern auch Booser. »Sag doch so was nicht. Klar, du hättest ihr schon längst den Rücken zukehren sollen. Aber es ist verdammt noch mal nicht deine Schuld, ganz sicher nicht. Ich kann mir vorstellen, wie diese Stefanie tickt. Erst einen auf freundlich machen und wenn sie bekommen hat, was sie wollte, holt sie das sprichwörtliche Messer raus und rammt es dir zwischen die Rippen.«

Mittlerweile glaubte Mira, Marcel verwendete absichtlich andere Namen für Susanne, und musste schmunzeln. Dass er so außer sich war, irritierte sie dennoch sehr.

Erneut sah der Junge auf seine Uhr. »Sorry, nun muss ich wirklich los, sonst komme ich zu spät. Treffen uns morgen um fünfzehn Uhr hier?«

Mira konnte nur nicken, und sah Marcel und Booser hinterher. Sie blieb noch eine Weile sitzen, ehe sie sich ebenfalls auf den Heimweg begab.

Es beschäftigte sie, dass Marcel ihr, in welcher Hinsicht auch immer, helfen wollte, obwohl er sie überhaupt nicht kannte. Sie hoffte sehr, dass er es im Gegensatz zu Susanne ehrlich mit ihr meinte. Trotz aller Schwärmerei für ihn würde sie auf der Hut sein.

Als Mira die Tür ihres kleinen Reihenhauses aufschloss, kam ihre Mutter neugierig aus dem Wohnzimmer. »Mira? Mit dir haben wir so früh nicht gerechnet. War die Party nicht schön?« Ihre Mutter blickte sie mit geweiteten Augen an und schlug die Hand vor den Mund. »Oh mein Gott, wie siehst du denn aus? Was ist auf der Feier passiert? Hat dir jemand wehgetan?«

»Ich war gar nicht erst auf der Party, Mama. Susanne wollte mich nicht mitnehmen.« Einzelheiten ersparte sich Mira. Sie hatte keine Lust, die Erinnerungen an Susannes fiese Worte noch ein weiteres Mal aufleben zu lassen.

»Was? Aber warum das denn nicht? Ich dachte, es war bereits geplant, dass ihr gemeinsam dorthin geht.«

Mira winkte ab. »Bitte, Mama, ich möchte nicht darüber sprechen. Ich werde einfach ins Bett gehen. Bin sehr müde.« Sie rieb sich die über Augen. Dass sie dadurch noch schlimmer aussah, war ihr in dem Moment vollkommen egal.

Ihre Mutter warf einen Blick auf die Wanduhr im Flur. »Was denn, jetzt schon? Es ist gerade mal kurz vor neun.«

Mira zuckte nur mit den Schultern und stieg die Treppe hinauf.

Kapitel 3

Pünktlich war Mira zur verabredeten Zeit am nächsten Tag bei der Bank im Park. Sie konnte es noch immer nicht fassen, dass sie sich gleich mit Marcel treffen würde. Klar, es war kein richtiges Date, aber trotzdem war sie mächtig aufgeregt.

Ob er tatsächlich kommen würde? Vielleicht war er über Nacht zu der Einsicht gelangt, dass es völliger Blödsinn war, sich ausgerechnet mit Mira zu treffen, um ihr zu helfen – wie auch immer das aussehen sollte.

Brauchte sie seine Unterstützung überhaupt? Mira würde Susanne ab sofort einfach links liegen lassen und damit hätte sich die Sache ein für alle Mal erledigt. Schwierig konnte es nur im Unterricht werden, immerhin saßen sie dort an einem Tisch nebeneinander. Aber eventuell konnte sie zu Beginn des neuen Schuljahres einfach den Platz wechseln, es waren schließlich ab der Oberstufe einige Schüler nicht mehr in ihrer Klasse – sei es, weil sie eine Ehrenrunde drehen mussten oder keinen Bock aufs Abi hatten und mit dem mittleren Schulabschluss abgegangen waren.

Mira blickte auf die Uhr. Es war fünf vor drei und bisher war Marcel nicht in Sicht. So langsam glaubte sie nicht mehr daran, dass er noch auftauchen würde. Sie seufzte.

»Hey, ist der Platz noch frei?«, ertönte in diesem Moment eine Stimme hinter Mira, die sie erschrocken aufschreien ließ. Sie drehte sich um.

Abermals klopfte ihr das Herz bis zum Hals, wenn auch diesmal nicht nur aus demselben Grund wie bei ihrem ersten Zusammentreffen am Tag zuvor.

Marcel stand neben der Bank und grinste sie verlegen an. Seinen Hund hatte er nicht dabei, was Mira ein wenig bedauerte. »Sorry, ich wollte dich nicht erschrecken. Ich konnte nicht ahnen, dass du so in Gedanken versunken bist.«

»Schon gut«, japste Mira.

Er setzte sich neben sie und sie erholte sich allmählich von diesem Schreck. »Ich war mir nicht sicher, ob du wirklich kommen würdest.«

Verwundert sah Marcel sie an. »Wieso das denn?«

Sie zuckte mit den Schultern.

Entspannt lehnte er sich zurück. »Also ich glaube, dass mir eine ganz gute Idee gekommen ist. Ich hatte gestern Abend nämlich unverhofft eine Menge Zeit, um über dich und deine Situation nachzudenken.«

Stirnrunzelnd sah sie ihn an. »Aber du bist gestern so schnell los, weil du sonst zu spät zu irgendetwas gekommen wärst.« Mira hätte sich umgehend für diesen Satz ohrfeigen können. Es ging sie gar nichts an, was Marcel gemacht oder eben nicht gemacht hatte.

»Ursprünglich wollte ich zu einer Schuljahresabschlussparty gehen. Aber unser Gespräch gestern hat mich sehr nachdenklich gestimmt, sodass ich doch nicht hingegangen bin.«

Betreten senkte Mira den Blick. »Sorry, ich wollte dich nicht mit meiner miesen Stimmung anstecken.« Aus dem Augenwinkel konnte sie sehen, dass Marcel lächelte, wodurch sich Grübchen neben seinen Mundwinkeln bildete. Ein Markenzeichen, das sie ultrasüß fand.

»Keine Sorge, ich bin dir nicht böse. Ganz im Gegenteil, ich bin dir dankbar. Außerdem hatte ich dadurch Zeit zum Nachdenken.«

Mira beschloss, nicht weiter nachzubohren oder zu viel in seine Worte hineinzuinterpretieren. »Und zu welchem Ergebnis bist du gekommen?«

»Du hast mir doch erzählt, dass du wenigstens einmal auf eine Party gehen möchtest, oder?«

Sie nickte.

»Auch wenn mir wieder einmal klargeworden ist, dass Partys nicht alles im Leben sind, ich glaube, dass jeder zumindest eine besucht haben sollte, um mitreden zu können und sich seine eigene Meinung darüber zu bilden. Ich denke, ich hätte eine Lösung für deinen ersten Partybesuch gefunden. Dabei könnten wir Simone so richtig blöd aus der Wäsche schauen lassen, wetten? Wir veranstalten einfach selbst eine Party.«

Mira schmunzelte über den neuen Namen für Susanne. Sie lauschte ihm, als er ihr den

Plan, den er über Nacht einfach so aus dem Ärmel geschüttelt hatte, erläuterte. Dieser gefiel ihr unglaublich gut und ließ sie diabolisch grinsen.

Eigentlich hielt sie nichts von Racheakten oder vom Vortäuschen falscher Tatsachen. Aber einmal würde sie eine Ausnahme machen. Susanne hatte sie einfach zu sehr verletzt.

Sie ärgerte sich über sich selbst, dass sie es überhaupt zugelassen hatte, sich von Susanne so dermaßen ausnutzen zu lassen. Schon viel eher hätte sie einen Schlussstrich unter die Sache ziehen sollen. Aber das war leichter gesagt als getan. Schließlich hatte Susanne oft zu ihr gestanden, wenn die anderen aus ihrer Klasse sie wegen irgendetwas aufgezogen hatten. Mittlerweile fragte sie sich, ob Susanne hinter ihrem Rücken genauso schlecht über sie sprach und sich lediglich mit ihr gut stellte, um sicherzugehen, dass sie ihr half.

Damit Marcels Plan überhaupt gelingen konnte, musste Mira jedoch noch ein letztes Mal Susannes Freundin sein, wenn auch nur zum Schein. Denn sie musste der Lockvogel sein, der nötig war, um die Falle zuschnappen zu lassen.

Mira stimmte zu und beide überlegten sich den genauen Ablauf. Sie freute sich sehr, dass er sich solche Mühe gab. Dennoch war ihr bewusst, dass sie ihm dadurch einen Gefallen schuldig war, was sie ihm sogleich mitteilte.

Verlegen sah Marcel zu Boden. »Vielleicht mache ich das Ganze doch nicht so uneigennützig, wie ich dich habe glauben lassen. Ich habe mich nicht getraut, es anzusprechen, ehe ich eine Lösung gefunden habe, die für uns beide von Nutzen sein könnte. Mir ist diese Angelegenheit schon ein wenig peinlich. Aber mit meinem Plan können wir quasi zwei Fliegen mit einer Klappe schlagen.«

Er erzählte ihr, was für einen Mist er vor einem knappen Monat verbockt hatte, aus dem er sich nicht mehr zu befreien wusste, ohne, dass es für ihn unangenehm wurde. Es gab in seiner Klasse drei Jungen, die mächtig mit ihren tollen Freundinnen angaben. Als diese Marcel in die Mangel genommen und gefragt hatten, wann er denn mal endlich daran dachte, eine Freundin zu haben, war aus ihm herausgesprudelt, dass er schon längst eine hatte. Natürlich wollten die drei Beweise – diese konnte Marcel ihnen allerdings nicht liefern, denn es hatte nie eine Freundin gegeben. Er vertröstete seine Mitschüler immer wieder mit verschiedenen Ausreden, doch allmählich wurden die Jungen sehr ungeduldig und begannen zu zweifeln.

Der zweite Teil des Plans beinhaltete demnach, dass Mira auf dem Partyabend Marcels Freundin spielen sollte, damit er in der Schule endlich seine Ruhe hatte.

Mira kamen Zweifel. Konnte es wirklich stimmen, was Marcel ihr gerade eröffnet hatte? So, wie er aussah, liefen ihm die Mädchen doch mit Sicherheit scharenweise hinterher. Er musste sich also im Prinzip von seinen Anwärterinnen lediglich die heraussuchen, die ihm am besten gefiel, und sie vor den anderen Jungs als seine Freundin ausgeben. Da würde doch bestimmt keine ablehnen. Warum sollte er also wollen, dass ausgerechnet Mira seine Freundin darstellte? Wollte er ihr nur helfen, damit er aus seiner eigenen Misere herauskam?

»Keine Sorge, du musst das nicht machen, wenn du nicht möchtest. Ich will dich auf keinen Fall zu etwas drängen, wobei du dich nicht wohlfühlst. Als ich gestern Abend überlegt habe, wie ihr dir helfen könnte, fiel mir einfach nur ein Plan ein, von dem wir quasi beide etwas haben könnten. Aber das würde ich auch ohne Gegenleistung tun, ehrlich. Ich verabscheue nämlich solche Leute wie diese Silke abgrundtief. Und sich dann noch Freundin zu nennen ist das Allerletzte.«

Seine Worte beruhigten Mira wieder. Vielleicht war seine Idee gar nicht so verkehrt. Außerdem wäre es Susanne sicherlich noch mehr ein Dorn im Auge, wenn sie auf einmal mit einem Freund an ihrer Seite auf einer Party auftauchen würde. Der Gedanke an Susannes mögliche Reaktion ließ Mira schmunzeln. »Okay, ich mach's.«

Marcels Miene hellte sich auf. »Wirklich?«

»Wirklich.«

Plötzlich umarmte Marcel sie, womit sie überhaupt nicht gerechnet hatte. Prompt versteifte sich ihr Körper. Gleichzeitig schlug ihr Herz wieder Purzelbäume.

»Danke, Mira. Das bedeutet mir unheimlich viel. Du glaubst gar nicht, was für eine Last mir damit von den Schultern fällt.« Er löste sich wieder von ihr und errötete ganz leicht. »Oh, sorry, ich wollte dich nicht überrumpeln.«

Verlegen kratzte er sich am Hinterkopf.

Mira entspannte sich. »Schon gut, ich bin so etwas nur nicht gewöhnt.«

»Was bist du nicht gewöhnt? Dass sich jemand bei dir bedankt?«

Sie lachte auf. »Eher, dass mich jemand umarmt.«

Ungläubig sah Marcel sie an. »Ehrlich? Dann solltest du dich am besten schnell daran gewöhnen, denn ich fürchte, es könnte durchaus zu Wiederholungen kommen.« Er grinste sie schief an.

Um sich von dem Gedanken daran, dass Marcel sie öfter umarmen könnte, abzulenken, beschloss sie, zum eigentlichen Thema zurückzukehren. »Und deine Eltern haben wirklich nichts dagegen, dass du bei euch zu Hause eine Party schmeißt?«

Für einen kurzen Moment kam es Mira so vor, als würde sich ein Schatten auf Marcels Gesicht legen. Doch dann winkte er ab. »Nein, das wäre schließlich nicht die erste. Außerdem muss mein Vater morgen für zwei Wochen geschäftlich verreisen und meine Mutter begleitet ihn. Ich habe also sturmfreie Bude. Nur Booser ist noch da.« Er blickte schweigend auf den Ententeich, an dessen gegenüberliegenden Seite sich soeben ein Graureiher niedergelassen hatte. »Mich ärgert ein wenig, dass mein achtzehnter Geburtstag im letzten Monat war, sonst hätten wir den zum Anlass für eine Party nehmen können. Du hast nicht zufällig in den nächsten beiden Wochen Geburtstag, oder?«

Mira musste lachen. »Nein, meiner liegt bereits drei Monate zurück.«

»Schade. Aber egal, eine Party kann man auch ohne irgendeinen Grund steigen lassen.«

Sie blieben noch eine ganze Weile auf der Bank sitzen und unterhielten sich über belanglose Themen.

Erst als Marcel nach Hause musste, um mit Booser Gassi zu gehen, verabschiedeten sie sich voneinander.

Mira traute sich nicht, ihn zu fragen, ob sie ihn bei seiner Runde begleiten könne, und sah ihm nachdenklich hinterher.

Sie selbst machte sich wenige Minuten später auch auf den Heimweg.

Kapitel 4

Am nächsten Tag tigerte Mira unruhig im Erd-
geschoss herum. Sie hatte sich erneut mit
Marcel verabredet. Allerdings konnte sie von
Glück reden, dass ihre Eltern arbeiten waren,
sodass sie ihr keine unangenehmen Fragen
stellten konnten. Schließlich hatte sie noch nie
zuvor einen Jungen zu sich nach Hause eingeladen – und nun war es ausgerechnet Marcel.
Allein der Gedanke an ihn ließ ihr Herz Kapri-
olen schlagen. Konnte das nicht endlich aufhören? Das war ja kaum auszuhalten. Immerhin
würde sie nur seine Freundin spielen, es aber
nicht wirklich sein.

Sie warf einen Blick auf die Uhr. Es war halb
elf. In etwa einer halben Stunde würde er her-
kommen. Wieder sah sie aus dem Fenster, in

der Hoffnung, Marcel würde schon zu sehen sein.

Als sie gerade nicht hinausschaute, klingelte es plötzlich an der Haustür. Erschrocken fuhr sie zusammen. »Reiß dich am Riemen, Mira! So kann das echt nicht weitergehen«, murmelte sie, während sie den Flur entlangging, um die Tür zu öffnen.

Vor dieser stand ein strahlender Marcel. »Hi, da bin ich.«

»Das sehe ich. Komm rein.«

Als sie kurz darauf in Miras Reich ankamen, blickte sich Marcel staunend um. »Also um ehrlich zu sein, hätte ich mir dein Zimmer ganz anders vorgestellt.«

Verwundert sah Mira ihn an.

»Nun, ich dachte immer, jedes Mädchen hätte die Wände voller Star- und Pferdeposter und alles wäre in ein rosa Flair gehüllt. Doch das Zimmer könnte glatt meins sein. Gut, bei mir ist es nicht ganz so ordentlich, aber trotzdem.«

Mira lachte laut auf. »Dann hast du echt eine falsche Vorstellung von Mädchen. Obwohl, bei Susanne hängen tatsächlich einige Poster von Stars. Pferde wirst du bei ihr allerdings ebenfalls vergeblich suchen. Sie hat es nicht so mit Tieren. Für mich ist dieses ganze Posterzeug nichts. Was habe ich davon, meine Wände damit zu tapezieren?«

Mira konnte sich vorstellen, dass Marcel ihr Zimmer recht pragmatisch eingerichtet fand. Die hellen Birkenholzmöbel waren nicht übermäßig gefüllt. Sie hielt zwar nichts von diesem neuen Trend des Minimalismus, wollte sich aber dennoch nicht mit unnötigem Ballast abmühen. Die Wände waren in einem zarten Gelb gestrichen und auch in der Gardine befanden sich hellgelbe Ornamente.

»Meinen Laptop habe ich schon mal hochgefahren. Ich hol uns nur noch schnell was zu trinken und dann können wir anfangen, ja?«

Marcel nickte. Er betrachtete ein großes gerahmtes Landschaftsbild, das über dem Bett hing. »Wo ist das?«

»In Österreich. Das habe ich während unseres letzten Urlaubs vor zwei Jahren fotografiert.«

Marcel drehte sich abrupt zu Mira um. »Das hast du geschossen?«

»Ja. Ich fotografiere hin und wieder ganz gern, vor allem, wenn wir im Urlaub sind.

Aber nur für mich. Dieses soll mich beispielsweise an meinen bisher schönsten Urlaub erinnern. Ich finde, Berge haben etwas Faszinierendes an sich.« Sehnsuchtsvoll sah sie das Bild ebenfalls an. »Setz dich, wohin du magst. Ich bin gleich wieder da.« Mira verließ das Zimmer und kehrte wenig später mit einem Tablett zurück, auf dem ein Krug mit Limette-Minz-Wasser, zwei Gläser und ein Teller Kekse standen. »Ich hoffe, du trinkst so etwas?«, fragte sie vorsichtig, als sie es auf ihrem Nachttisch abstellte.

»Klar, gerade bei diesen Temperaturen gibt es doch nichts Erfrischenderes.«

Kurz darauf saßen sie gemeinsam an Miras Laptop. Die beiden hatten sich dazu entschlossen, eine private Veranstaltung bei Facebook zu erstellen und darüber die Einladungen zu verschicken. Dennoch wollten sie nichts dem Zufall überlassen.

»Das muss richtig glamourös aussehen und Saskia so neugierig machen, dass sie unbedingt auf diese Party gehen möchte. Aber bitte nicht so, als wäre es eine reine Mädchenparty.«

»Verstehe, also mit einer Extraportion Pink und Glitzer. Kommt sofort.«

Entsetzt sah Marcel Mira an, die gerade dabei war, ein entsprechendes Design für das Titelbild zu erstellen.

»War ein Scherz.«

»Puh, für einen Moment dachte ich echt, du meinst das ernst.«

Sie kicherte.

Es dauerte eine ganze Weile, bis Mira und Marcel mit dem Ergebnis zufrieden waren. Entspannt lehnten sie sich zurück. Die meisten Einladungen verschickten sie auch direkt, um sicherzugehen, dass überhaupt jemand kam. Nur die an Susanne wollten die zwei Teenager erst am Tag der Party absenden.

Mira schielte zu Marcel hinüber. »Sag mal, kann ich dich etwas fragen, ohne dass du dich angegriffen fühlst?«

Verwirrt erwiderte er ihren Blick. »Klar, worum geht's?«

»Trägst du eigentlich ausschließlich Markenklamotten?«

Einen Moment blieb es still im Raum und Mira bereute ihre Frage beinahe. Sie wollte gerade zu einer Entschuldigung ansetzen, als Marcel sagte: »Ich habe mir darüber noch nie wirklich Gedanken gemacht. Aber doch, ich schätze, du hast recht. Ich trage ausschließlich Markenklamotten.«

»Warum? Besser als günstigere Kleidung sehen sie nun auch wieder nicht aus.«

Marcel zuckte mit den Schultern. »Keine Ahnung. Das war bei mir schon immer so – selbst als Kind. Beim Einkaufen denke ich gar nicht darüber nach, sondern steuere direkt die entsprechenden Läden oder Abteilungen an. Sag jetzt bitte nicht, dass du ein absoluter Gegner von Markenklamotten bist.« Erschrocken sah er Mira an, doch sie schüttelte lächelnd den Kopf.

»Nein, ein Gegner solcher Kleidung bin ich nicht. Aber wie gesagt, ich finde sie halt unnötig. Zumal sie auch so unglaublich teuer sind. Auch günstigere Kleidung kann durchaus gut aussehen. Allerdings würde mein Geldbeutel größere Ausgaben gar nicht erst zulassen. Du musst ein ordentliches Taschengeld bekommen.«

Marcel räusperte sich verlegen. »Nun ja, es geht. Ich habe sonst keine teuren Anschaffungen, da kann ich mir solche Klamotten schon mal leisten. Und sie halten immerhin auch eine

Weile, sodass ich nicht jede Woche losrennen muss, um mir was Neues zu kaufen.«

Mira runzelte die Stirn. Kam es ihr nur so vor oder hatte Marcel eben ein wenig herumgedruckst? Vielleicht hatte sie sich das auch nur eingebildet, daher vertrieb sie diesen Gedanken sofort wieder. »Ich habe eine Idee.« Sie setzte sich kerzengerade hin und klatschte in die Hände.

Marcel schmunzelte. »Ich bin ganz Ohr.«

»Wie wäre es, wenn wir gemeinsam shoppen gehen und ich dir ein absolut markenfreies Outfit für die Party zusammenstelle?«

»Super Idee. Ich bin einverstanden.«

Miras Kinnlade klappte herunter. »Ehrlich?«

»Klar, wieso nicht? Ich bin immer offen für etwas Neues. Aber eine Bedingung habe ich trotzdem.«

Natürlich, einen Haken musste es schließlich geben. Mira versuchte, sich nichts anmerken zu lassen, und wartete ab.

»Ich stelle dir im Gegenzug auch ein Partyoutfit zusammen – ausschließlich aus Markenklamotten.«

Mira zuckte erschrocken zusammen. »Das kann ich mir nicht leisten. Wie ich schon gesagt habe, so viel Taschengeld bekomme ich auch gar nicht.«

»Keine Sorge, das spendiere ich dir natürlich.«

»Okaaay«, sagte sie. »Aber dann zahle ich dein Outfit.« Marcels Taschengeld musste echt deutlich höher sein als ihres. Ein wenig unangenehm war ihr sein Angebot. Schließlich tat er gerade ziemlich viel für sie. Das konnte sie doch nie wiedergutmachen. Nur seine Freundin auf einer Party zu spielen würde da bei Weitem nicht ausreichen.

Mira äußerte ihre Bedenken.

Aber Marcel winkte lächelnd ab. »Ach was. Mach dir darüber bitte keine Gedanken. Außerdem hast du mir doch angeboten, dass du im Gegenzug mein Outfit bezahlst. Damit sind wir quitt.«

Mira verzog zerknirscht das Gesicht. Das sah sie etwas anders, aber sie behielt die Zweifel für sich.

Marcel stupste sie, immer noch lächelnd, an. »Hey, ich meine es ernst. Es ist alles gut.«

Daraufhin entspannte sich Mira wieder. »Okay. Ich kann aber erst am Montag. Morgen muss ich arbeiten.«

Fragend sah Marcel sie an. »Arbeiten?«

»Ich jobbe an einigen Tagen in der Woche in einem Supermarkt.«

»Echt jetzt? Du hast zwar gerade gesagt, dass du nicht allzu viel Taschengeld bekommst, aber dass es so schlecht damit steht, hätte ich nicht gedacht.«

Mira lachte auf. »Nein, keine Sorge. In der Regel komme ich mit meinem Taschengeld super klar. Es kann allerdings nie schaden, etwas anzusparen, um sich vielleicht doch mal eine Sache leisten zu können, die mehr kostet. Außerdem bereite ich mich schon mal auf das Leben nach der Schule vor, indem ich ein wenig in den Arbeitsalltag hineinschnuppere.«

Marcel lehnte sich entspannt zurück. »Dann bin ich beruhigt. Ich hatte eben echt ein schlechtes Gewissen.«

Lächelnd winkte Mira ab. »Das brauchst du nicht. Es ist alles in bester Ordnung, so wie es ist.«

Kapitel 5

Am Montag holte Marcel Mira gegen Mittag zu Hause ab.

Als diese in Richtung Bushaltestelle laufen wollte, hielt Marcel sie zurück. »Wo willst du denn hin? Mein Auto steht dort drüben.« Er deutete auf die gegenüberliegende Straßenseite, wo ein blauer Opel Corsa parkte.

»Auto?«, wiederholte Mira irritiert.

»Ja, den kleinen Flitzer habe ich von meinen Eltern zum achtzehnten Geburtstag bekommen.«

Mira war sprachlos.

Wenig später nahm sie auf dem Beifahrersitz Platz und Marcel fuhr in Richtung Einkaufszentrum. Sein Fahrstil war gut, soweit Mira das beurteilen konnte. Jedenfalls beruhigte es sie, dass er nicht zu den Draufgängern gehörte, die eine Strecke in höchstmöglicher Geschwindigkeit zurücklegen wollten und auf breiten Straßen bei jeder sich bietenden Gelegenheit die Spur wechselten.

Am Ziel angekommen, fanden sie schnell einen Parkplatz, da um diese Uhrzeit an einem Wochentag noch kaum etwas los war. Das kam Mira sehr gelegen, denn sie hasste nichts mehr, als sich beim Shoppen durch Menschenmassen zu schieben und ewig an den Kassen anzustehen. Da verging ihr jeglicher Spaß. So konnten sie nun in aller Ruhe nach den richtigen Outfits für die anstehende Party suchen.

»Schau mal, das wäre doch was, oder?« Mira nahm ein Hemd mit dunkelgrauen, weißen und blauen Längsstreifen vom Ständer. »Dazu eine dunkelgraue Jeans und schlichte schwarze Sneaker.«

Marcel betrachtete das Hemd eingehend. »Ich muss sagen, du hast wirklich einen guten Geschmack. Das gefällt mir, das nehmen wir.«

Auch Jeans, Schuhe und ein Paar einfache weiße Socken waren schnell gefunden – vielmehr gleich ein Fünferpack, denn einzelne Paare gab es nicht.

»Wie sieht es mit der Unterhose aus? Muss die ebenfalls markenfrei sein?«

Bei Marcels Frage spürte Mira, wie ihr die Röte ins Gesicht schoss, und sie brauchte einen Moment, ehe sie antworten konnte. »Das ist mir egal. Die sieht eh keiner.« Schnell kramte sie ihre Geldbörse aus der Tasche, um die Kleidung zu bezahlen. Nur aus dem Augenwinkel nahm sie wahr, dass Marcel schmunzelte.

»So, nun bin ich dran«, sagte Marcel, als er neben Mira den Laden verließ. »Wie wäre es vorher mit einer kleinen Kaffeepause?«

Damit war Mira einverstanden und sie steuerten das nächste Café des Einkaufszentrums an.

Kurz darauf saß das ungleiche Paar mit einem Caramel-Macchiato samt Sahne für Mira und einem einfachen Milchkaffee für Marcel an einem der vielen kleinen Tische.

Während der Shoppingpause sprachen die beiden über recht belanglose Dinge. Mittlerweile konnte sich Mira gar nicht mehr erklären, wieso sie bei ihrer ersten Begegnung im Park so herumgestammelt hatte. Denn mit Marcel konnte Mira sich unheimlich gut und vor allem völlig zwanglos unterhalten. Wenn sie daran dachte, dass sie auf der Party seine Freundin spielen sollte, wirbelten dennoch wieder Millionen Schmetterlinge durch ihren Bauch. Eigentlich schade, dass das alles nur zum Schein sein würde.

»Was ist los?«, fragte Marcel plötzlich in ihre Gedanken hinein.

Mira zuckte zusammen. »Wie bitte?«

»Du hast gerade geseufzt.«

Sie spürte, wie sie erneut errötete und versuchte so unbeschwert wie möglich zu lächeln. »Ach, nichts, alles gut, wirklich.«

Marcel hob zwar eine Augenbraue, beließ es aber dabei.

Nachdem sie ihre Kaffeespezialitäten ausgetrunken hatten, lief Marcel schnurstracks auf ein Modegeschäft zu, in dem es fast ausschließlich Markenklamotten gab. In der Damenabteilung zog er ein dunkelblaues Kleid vom Ständer. Es war zwar hoch geschlossen, aber ärmellos. Er hielt es Mira an. Das Kleidungsstück reichte ihr bis etwas über die Knie. »Was hältst du davon?«

Mira verzog skeptisch das Gesicht. »Eigentlich bin ich nicht das typische Mädchen, das sich in Kleidern wohlfühlt. Ich bevorzuge eher

Hosen. Außerdem hast du sicherlich bereits festgestellt, dass ich nicht unbedingt die Figur für Kleider habe.« Mira hasste sich selbst für die Anspielung auf ihre leichten Rundungen und blickte zu Boden.

Marcel sah sie prüfend an. »Wer hat dir denn den Blödsinn eingetrichtert? Ich finde, du hast eine ganz ausgezeichnete Figur, um ein Kleid tragen zu können.«

»Na klar«, kommentierte Mira sarkastisch. »Aber nur, dass du es weißt, den Blödsinn hat mir niemand eingetrichtert. Das sehe ich jeden Morgen, wenn ich in den Spiegel schaue. Susanne sagt zwar immer, ich müsse unbedingt eine Diät machen, um ein paar Pfunde zu verlieren, aber das möchte ich gar nicht. Schließlich will ich keines dieser Topmodel werden, die für mich nichts anderes als Hungerhaken sind. Außerdem esse ich dafür viel zu gern. Ich finde es auch überhaupt nicht schlimm, dass ich lieber keine Kleider tragen sollte. Hosen mag ich mehr, weil sie einfach bequemer sind. Röcke kommen mir immer so steif und förmlich vor.« Mira atmete einmal tief durch. Sie hatte sich so sehr in Rage geredet, dass ihr Herz wie wild pochte.

Mit zur Seite geneigtem Kopf musterte Marcel Mira. »Aha, Serafina also wieder. Das dachte ich mir doch gleich. Aber ich meine es ernst. Dieses Kleid steht dir mit Sicherheit gut. Außerdem willst du bestimmt nicht in Jeans und T-Shirt auf deiner allerersten Party auftauchen, oder? Bedenke bitte die Exklusivität dieser Feierlichkeit.«

Mira kicherte. »Das habe ich für einen Moment tatsächlich vergessen. Aber muss es denn wirklich gleich ein Kleid sein? Ich habe kein einziges im Schrank. Es gibt doch noch viele andere Möglichkeiten für ein Partyoutfit.«

Marcel hob den Zeigefinger und wackelte mit diesem hin und her. »Nichts da. Ausgemacht war, dass du mir ein Outfit aussuchst und ich dir. Und ich möchte, dass du das zumindest einmal anprobierst. Wenn es dir dann wirklich gar nicht gefällt oder wider Erwarten nicht stehen sollte, können wir uns noch mal nach etwas anderem umschauen, okay?«

Seufzend nahm Mira Marcel das Teil ab und machte sich auf den Weg zu den Umkleiden. Grinsend folgte er ihr.

»Ich sehe in dem Ding total komisch aus«, stöhnte Mira in der Kabine.

»Vielleicht ist der Anblick einfach nur ungewohnt für dich. Komm doch mal raus.«

Mira öffnete den Vorhang und trat hinaus.

Marcel besah sie sich genau und legte grübelnd Daumen und Zeigefinger an sein Kinn. Er nickte anerkennend. »Sieht doch toll aus. Keine Ahnung, was du hast. Meiner Meinung nach steht dir das Kleid ausgezeichnet.«

»Na, ich weiß ja nicht. Ich fühle mich total verkleidet.« Sie zupfte an dem Rock herum und betrachtete sich kritisch.

»Tja, vielleicht liegt es daran, dass es ein *Kleid* ist?«

»Haha, sehr lustig, du Witzbold.«

»Aber mal im Ernst. Ich finde wirklich, dass du darin toll aussiehst. Wetten, dass du damit den anderen Mädels auf der Party die Show stehlen wirst?«

Mira verzog zerknirscht das Gesicht. »Als ob es mir darauf ankäme.«

»Nun, bei einem Partygast vielleicht schon, oder?«, sagte Marcel grinsend.

Unwillkürlich erwiderte sie das Grinsen. »Möglich.« Mira seufzte. »Überredet. Dann also ein Kleid – dieses Kleid.«

Marcels Lächeln wurde eine Spur breiter.

Schon wandte er sich ab und machte sich auf die Suche nach zum Kleid passenden Schuhen. Nur wenig später fanden sie in einem Laden schöne blaue offene Schuhe in etwa derselben Farbe wie das Kleid, mitten auf einem Präsentationstisch. Diese hatten einen circa fünf Zentimeter hohen Blockabsatz und wurden am Knöchel mit einer breiten Schnalle geschlossen.

»Aber die haben einen Absatz. Damit laufe ich bestimmt wie ein Storch im Salat.« Langsam bereute Mira ihren Vorschlag doch.

Daraufhin musste Marcel lachen. »Dann weißt du ja, was du in den nächsten Tagen zu tun hast.«

Das Mädchen verschränkte die Arme vor der Brust. »Das findest du auch noch witzig, was? Hast wohl heute Morgen einen Clown gefrühstückt oder zu viele Comedysendungen gesehen, was?«

Marcel wiegte den Kopf hin und her. »Du musst zugeben, ein bisschen lustig ist es schon.«

Mira seufzte. »Habe ich noch eine Chance, andere Schuhe aussuchen zu dürfen, mit denen ich auch laufen kann?«

»Ich glaube kaum, dass wir Schuhe finden, die noch besser zu dem Kleid passen als die. Außerdem ist dein Mitspracherecht bei diesem Outfit gleich null, schon vergessen?«

Also gab Mira sich geschlagen, obwohl sie der Party immer mehr mit gemischten Gefühlen entgegensah. Was war, wenn sie – statt zu strahlen – sich eher bis auf die Knochen blamieren würde?

Mit vollen Tüten liefen zum Parkplatz, als auf einmal ein Geräusch ertönte.

»Was war das denn? Hast du das auch gehört?« Marcel sah sich nach allen Seiten um.

Mira lächelte verlegen. »Du kannst aufhören zu suchen. Das war mein Magen.«

»Du hast Hunger? Wie wäre es mit einem Abstecher zu McDonald's? Ich könnte nämlich auch eine Kleinigkeit vertragen.«

Mira stimmte zu.

Sie verstauten die Einkäufe in Marcels Auto und begaben sich noch einmal ins Einkaufsmeile, um etwas zu essen.

Marcel lächelte, als Mira ihre Bestellung aufgab.

Sie hob eine Augenbraue. »Was ist?«

»Nein, nein, alles in bester Ordnung. Ich freue mich nur, dass du nicht diesem Veganhype verfallen bist.«

Mira schnaubte. »Nee, ganz bestimmt nicht. Ich bin der Meinung, dass vegane Ernährung der totale Blödsinn ist.«

»Die Einstellung gefällt mir.« Er lächelte noch immer.

Als ihre Burger auf das Tablett gelegt wurden, bestand Marcel darauf, zu bezahlen. Miras Einwände ignorierte er einfach.

Innerlich atmete Mira auf, dass Marcel sie nicht dafür tadelte, dass sie statt einem gesunden Salat lieber Burger aß.

Nach dem Essen verließen sie das Center. Auf einmal fing es an, wie aus Kübeln zu regnen.

Erschrocken schrie Mira auf. »Verdammt! Warum denn jetzt?«

Marcel hob seinen Arm über die Augen. »Frag lieber, warum die Stadt es noch immer nicht geschafft hat, mit dem Bau des Parkhauses fertig zu werden.«

Aber alles Jammern half nichts. Dadurch hörte der Regen leider nicht auf. Deshalb rannten sie so schnell wie möglich zu Marcels Corsa und ließen sich, nass, wie sie waren, in die Sitze plumpsen.

»Ist das ein Wetter! Es regnet so doll, dass die Scheibenwischer keine Chance haben. Wir sollten warten, bis der Regen etwas nachgelassen hat.«

Damit war Mira, aus deren Haarspitzen das Wasser tropfte, einverstanden.

Auch wenn sie es einerseits genoss, während der Wartezeit so nah bei Marcel zu sitzen, freute sie sich schon auf ein heißes Schaumbad.

Kapitel 6

Noch am selben Tag zog Mira ihre neuen Schuhe an, um damit das Laufen zu üben. Die ersten Schritte ging sie in ihrem Zimmer umher – selbstverständlich bei geschlossener Tür. Sie wankte, als würde sie auf Wackelpudding laufen. Kein Wunder, sie war ansonsten nur Turnschuhe gewohnt. Selbst im Sommer trug sie keine Sandalen, da sie fand, dass ihre Füße dafür nicht geeignet waren. Warum musste eigentlich alles an ihrem Körper so unförmig sein?

Nach mehreren Malen, die sie wie in Zeitlupe in ihrem Zimmer hin und her gegangen war, musste Mira sich eingestehen, dass die wenigen Schritte, die sie von einer Wand zur anderen brauchte, längst nicht ausreichten, um sich an die verflixten Schuhe zu gewöhnen. Demnach blieb ihr nichts anderes übrig, als in ihnen durch das ganze Haus zu laufen.

Auf der Treppe wäre sie beinahe gestürzt, konnte sich jedoch gerade noch rechtzeitig am Geländer festhalten. Einen erschrockenen Ausruf konnte sie allerdings nicht unterdrücken.

Ihre Mutter stürzte aus der Küche. »Mira, was ist los?«

»Alles in Ordnung, Mama. Ich laufe nur meine neuen Schuhe ein.«

Mit gerunzelter Stirn warf ihre Mutter einen Blick auf Miras Füße. »Oh, die sehen aber toll aus. Dein Marcel scheint Geschmack zu haben.«

Genervt verdrehte Mira die Augen. »Mama, er ist nicht *mein* Marcel.« Hätte sie ihrer Mutter nur nichts von der Shoppingtour erzählt. Andererseits hätte es dann früher oder später unangenehme Fragen gegeben, spätestens am Abend der Party, wenn Mira die neuen Sachen anzog. Ihnen war anzusehen, dass sie teuer waren. Oder bildete sie sich das nur ein?

Ihre Mutter zuckte mit den Schultern. »Was nicht ist, kann immer noch werden, oder? Immerhin scheint ihr euch gut zu verstehen.«

Erneut rollte Mira mit den Augen, ehe sie ihren Treppenabstieg fortsetzte.

Schließlich war der Samstag gekommen, an dem die Party stattfinden sollte. Mit Marcel hatte sie sich in dieser Woche nur einmal getroffen. Bei den Vorbereitungen sollte sie nicht helfen, sonst ginge die Überraschung flöten, hatte Marcel gesagt. Stattdessen unterstützte ihn sein bester Kumpel Frank.

Mira, die seit dem vorherigen Abend so nervös wie noch nie war und deshalb auch kaum hatte schlafen können, saß in ihrem Zimmer wie auf heißen Kohlen. Hoffentlich würde alles gutgehen und Susanne den Köder schlucken.

Außerdem wartete sie schon die ganze Zeit darauf, dass ihre ›Freundin‹ sich meldete, um sie zu fragen, ob Mira sie für die heutige Party stylte.

Als das Handy klingelte, dachte sie deshalb auch, es wäre Susanne. Aber es war Marcel.

»So, die Einladung an Susanne ist raus. Jetzt hilft nur noch Daumen drücken.«

»Da habe ich keine Zweifel. Schließlich ist Susanne immer ganz wild auf Partys. Und heute steht noch keine bei ihr an, sonst hätte sie sich schon längst bei mir gemeldet und mich um die übliche Hilfe gebeten. Was mir viel eher Sorgen macht, sind die anderen Partygäste. Meinst du, es kommen genug Leute? Nicht, dass wir am Ende ganz allein dastehen.«

Marcel lachte. »Darüber musst du dir nun wirklich keine Gedanken machen. Das Haus wird schon voll werden und die meisten, die wir eingeladen haben, haben auch bereits zugesagt.«

»Das ist gut. Oh, ich glaube ich habe gerade eine Nachricht bekommen. Vielleicht ist die schon von Susanne. Ich bin dann um zwanzig Uhr bei dir, richtig?«

Marcel bestätigte das und sie beendeten das Gespräch.

Sie hatte recht, die Nachricht war tatsächlich von Susanne.

Hi Mira, stell dir vor, ich habe gerade eine Einladung zu einer exklusiven Party bekommen. Jetzt gehöre ich endlich zu den ganz Großen. Aber das war eh irgendwann zu erwarten, nicht wahr? Das Problem ist nur, dass die Party schon heute Abend steigt. Bitte sag mir, dass du Zeit hast, um mir beim Styling zu helfen. Am besten jetzt gleich. Es ist schließlich recht spät.

Mira prustete los. Dass die Einladung zu Marcels *Spontanparty* einen solchen Durchschlagseffekt haben würde, hätte sie sich nicht träumen lassen. Sie verstand auch überhaupt nicht, warum Susanne glaubte, dass diese Party etwas irgendwie besonders war. Aber sie fragte nicht nach, damit nicht am Ende doch noch etwas schieflief.

Klar, ich mach mich sofort auf den Weg.
Bis gleich.

Susanne war komplett aufgedreht. »Hallo Mira, klasse, dass du so schnell Zeit für mich finden konntest. Warum wurde die Einladung bloß so spät verschickt? Es sollte doch klar sein, dass jeder Partybesuch mit vielen Vorbereitungen einhergeht. Ist jetzt auch egal. Können wir anfangen?«

Diesmal hatte Mira darauf verzichtet, für Susanne und sich einen Kaffee mitzubringen. Das Desaster vom letzten Mal wollte sie sich ersparen. Aber das schien die Klassenkameradin gar nicht einmal zu bemerken.

Susanne setzte sich an ihren Schminktisch und schaute in den Spiegel. Auf einmal schrie sie völlig entsetzt auf.

Mira, die gerade die nötigen Utensilien aus ihrem Koffer kramte, zuckte erschrocken zusammen und blickte irritiert zu Susanne hinüber. »Was ist los?«

Diese war auf einmal käseweiß im Gesicht. »Da! Siehst du es denn nicht?« Sie deutete auf ihr Spiegelbild, aber Mira konnte nichts Ungewöhnliches erkennen. »Ich habe einen entsetzlich großen Pickel mitten auf der Stirn. Ich könnte schwören, dass der heute Morgen noch nicht da war. Der wäre mir doch aufgefallen. Bitte sag mir, dass du den überschminken kannst, damit man ihn nicht mehr sieht.«

Mira musste sich anstrengen, um sich ein Lachen zu verkneifen. Typisch Susanne: Ihr war immer am wichtigsten, dass ihr Aussehen perfekt und am besten vollkommen makellos war. Mira konnte nur über sich selbst den Kopf schütteln, weil ihr nicht schon längst aufgefallen war, wie verdammt oberflächlich Susanne eigentlich war. Wahrscheinlich hatte sie unterbewusst einfach Angst vor der Einsamkeit gehabt, und das hatte sie für alles andere blind gemacht.

Sie riss sich von ihren Gedanken los und setzte ein hoffentlich echt wirkendes Lächeln auf.

»Ich denke, das sollte kein Problem sein.«

Susanne atmete erleichtert auf und lehnte sich zurück.

Mira begann mit dem Umstylen – zum allerletzten Mal.

Als sie damit fertig und Susanne wie immer total begeistert war, stellte Mira wieder ihre typische Frage: »Kann ich heute mitkommen?«

Susanne schnaubte entrüstet. »Sag mal, hast du meine Nachricht vorhin nicht richtig gelesen? Die Party ist exklusiv. Das bedeutet, man braucht eine persönliche Einladung, um überhaupt eingelassen zu werden. Hast du eine? Ich glaube kaum.« Sie schnappte sich wie so oft ihr Handy, machte einen Kussmund und schoss ein Selfie. Anscheinend war einer der seltenen Tage, an denen Susanne mit dem ersten Foto zufrieden war, denn sie postete es sofort.

Es fiel Mira erneut schwer, sich ein Grinsen zu verkneifen und stattdessen eine Trauermiene aufzusetzen. Sie konnte es nicht abwarten, wegzukommen.

Kaum war Mira außer Sichtweite von Susannes Haus, machte sie vor Freude einen Luftsprung.

Eine ältere Dame, die gerade ihren Hund ausführte, zuckte erschrocken zusammen und schüttelte den Kopf.

Mira ignorierte sie. Sie konnte nur noch daran denken, dass diesmal die Party für

Susanne ganz anders ablaufen würde, als diese es sich ausmalte.

Schnell begab sie sich auf den Heimweg. Schließlich musste sie sich selbst auch noch für die Feier fertig machen. Langsam, aber sicher steigerte sich ihre Aufregung ins Unermessliche. Ihre allererste Party – in nur wenigen Stunden war es endlich so weit.

Rasch rasierte sie sich nach dem Duschen noch die Achseln und Beine. Immerhin konnte sie nicht wie ein halber Affe herumlaufen, wenn sie schon ein Kleid anziehen musste.

Kritisch beäugte sie sich im Spiegel, ehe sie sich auf den Weg zu Marcel machte. Da sie noch nie bei ihm zu Hause gewesen war, hatte sie erst einmal im Internet nachschauen müssen, wie sie überhaupt zu ihm kam. Er wohnte zwar nicht weit weg und unter normalen Umständen wäre sie vielleicht sogar zu Fuß zu ihm gegangen. Aber mit diesen Schuhen ersparte sie sich das. Deshalb steuerte sie die Bushaltestelle an und hoffte, dass der Bus nicht gerade erst abgefahren war.

Sie hatte Glück, denn kaum hatte sie die Haltestelle erreicht, bog der Bus um die Ecke.

Kapitel 7

Als sie vier Stationen später wieder ausstieg und in die Straße einbog, wunderte sie sich über die Gebäude, die links und rechts standen. Diese waren teilweise riesig – beinahe schon Villen.

Auch das Haus mit der Nummer 23, in dem Marcel wohnte, war ein solches.

»Das kann nicht stimmen.« Sie prüfte noch einmal die Nachricht, die Marcel ihr mit seiner Adresse geschickt hatte. Doch, sie war richtig. Ein Blick auf das Klingelschild neben dem schmiedeeisernen dunklen Tor verriet ihr ebenfalls, dass sie sich nicht in der Straße geirrt hatte.

Noch ehe sie die Klingel betätigte, sah sie, dass am Ende der langen Auffahrt die Haustür geöffnet wurde und jemand schnellen Schrittes auf sie zukam.

»Hi, Mira, da bist du ja endlich!«, rief Marcel ihr entgegen. »Sorry, ich hätte auf den Summer drücken sollen, als ich dich gesehen habe, dann würdest du jetzt nicht vor dem blöden Tor stehen. Moment, das haben wir gleich.« Er betätigte den manuellen Öffner und Mira trat in den weitläufigen Vorgarten. »Du … du siehst übrigens ganz toll aus.«

»Hier wohnst du wirklich?«, flüsterte sie ehrfürchtig, als würde sie jemand für ihre Worte verurteilen.

Marcel lächelte schief und nickte. »Ja, das ist mein Zuhause.«

Mira legte den Kopf in den Nacken, um das Haus genauer in Augenschein zu nehmen. Die Bezeichnung *Villa* wäre wirklich treffender gewesen. Das Gebäude war sicherlich dreimal so groß wie das Reihenhaus, in dem Mira wohnte. Es hatte schneeweiße Wände und ein dunkelblaues Dach. Links und rechts ragten zwei Türmchen in den Himmel, die die höchsten Punkte darstellten. Durch die doppelflügelige Eingangstür aus Glas konnte sie ein wenig von dem Partytreiben erahnen. Offiziell hatte die

Feier schon vor zwei Stunden begonnen. Mira sollte später kommen, um sicherzustellen, dass Susanne schon da war.

Angesichts des noblen Zuhauses von Marcel fühlte sich Mira völlig fehl am Platz. Doch das erklärte nun auch, warum er ausschließlich Markenklamotten trug und ihr ein solch teures Outfit hatte kaufen können. Seine Eltern hatten definitiv mehr Geld als ihre.

Unsicher sah sie zu Marcel auf, der ihren Blick mit einem Lächeln erwiderte. »Bist du bereit?«

»Ich weiß nicht genau. Du hast mir gar nicht erzählt, dass du in einem so großen Haus wohnst.« Mira sprach noch immer sehr leise.

»Ist das denn wichtig?«

Als Antwort zuckte Mira lediglich mit den Schultern.

Marcel ergriff ihre Hand. »Komm, mischen wir die Party ein wenig auf.«

Sie gingen den Weg zum Haus hinauf.

Direkt im Flur trafen sie auf Frank.

»Du bist also Mira. Freut mich, dich endlich kennenzulernen, nachdem ich so viel von dir gehört habe.«

Mira blickte Frank fragend an.

Dieser hob sogleich die Hände. »Immer nur Gutes natürlich.«

Mira sah sich um. Alles wirkte so pompös. Ihr Blick fiel auf die vielen Partygäste, die sich ausgelassen durch die riesigen Räumlichkeiten des Erdgeschosses bewegten. Sie schienen kein Problem mit der extravaganten Einrichtung oder gar Angst zu haben, dass aus Versehen einer der teuren Gegenstände zu Bruch gehen könnte.

Mira versuchte, ruhig zu atmen, und wich Marcel nicht von der Seite, der sie durch die Menge lotste.

Sie entdeckte Susanne im größten Raum, der wohl das Wohnzimmer war, an einer kleinen Bar, hinter der ein Baarkeeper stand. Neben ihr saß ein dunkelhaariges Mädchen, mit dem sie sich angeregt unterhielt. Mira kannte es nicht, wusste aber, dass es nicht Sabrina war, mit der Susanne sonst auf Partys ging. War sie etwa ohne ihre Partyfreundin hier?

Mira war so auf Susanne fixiert, dass sie die drei Jungen, die auf sie zukamen, erst bemerkte, als Marcel ihr ins Ohr raunte: »Das sind Kai, Dennis und Stephan. Die Idioten aus meiner Klasse, von denen ich dir erzählt habe.«

Kai machte ständig eine alberne Kopfbewegung, weil sein Pony so lang war, dass er ihm ständig im Gesicht hing. Kaum waren seine Haare jedoch aus seinem Blickfeld, glitten sie wieder in ihre ursprüngliche Position zurück und er schüttelte erneut den Kopf. Das Bier in seiner Hand schwappte dabei jedes Mal bedenklich im Plastikbecher.

Stephan, der eher schlaksig wirkte, weil er größer als seine Kumpels und sehr schlank, fast schon dürr war, betrachtete Mira ganz genau. »Das ist also dein Mädchen? Mensch, die sieht echt stark aus.«

Auch Dennis musterte Mira von oben bis unten, die sich bei den Blicken der drei Jungen überhaupt nicht wohlfühlte. »Stimmt. Kannst du sie mir vielleicht mal ausliehen? Du weißt schon, um ein bisschen Spaß zu haben.«

»Spinnst du?!«, kam es synchron von Mira und Marcel.

»Ich verleihe doch meine Freundin nicht wie ein Buch«, fügte Marcel hinzu, während Mira noch dabei war, sich von diesem Schock zu erholen. Was dachte sich der Typ nur?

»Aber gegen ein kleines Tänzchen ist wohl nichts einzuwenden, oder?«

Mira schüttelte den Kopf. »Nein, danke, ich tanze nicht – jedenfalls nicht mit dir.« Sie zog Marcel in Richtung der freien Fläche in der Mitte des Raumes.

Als Marcel und Mira sich gemeinsam im Takt der Musik bewegten, fühlte sie sich unsicher. Sie hatte noch nie mit jemandem getanzt.

Zu allem Überfluss hatte Susanne sie gesichtet. Natürlich war es Miras Absicht gewesen, irgendwann von ihr bemerkt zu werden. Aber musste es genau in diesem Augenblick sein? Susannes Miene wirkte mit einem Mal wie eingefroren, als sie aufstand und schnurstracks auf Mira zulief und diese von ihrem Tanzpartner wegzerrte. Mira war Marcel durch die ungewollte Bewegung auf den Fuß getreten, was ihn leise aufschreien ließ.

Erst als sie die Tanzfläche verlassen hatten, blieb Susanne stehen.

»Sag mal, spinnst du?«, pflaumte Mira Susanne an.

»Ich? Wenn jemand spinnt, bist das ja wohl ganz eindeutig du. Was fällt dir eigentlich ein, einfach hier aufzukreuzen? Bist du mir etwa heimlich gefolgt? Wie bist du überhaupt ohne Einladung reingekommen? Und dann tanzt du auch noch mit Marcel. Ich fasse es nicht!«, sagte Susanne aufbrausend.

»Jetzt pass mal auf, du arrogante Zimtzicke! Ich brauche keine Einladung, um auf dieser Party zu sein. Außerdem kannst du dir in Zukunft eine andere Doofe für dein dämliches Styling suchen. Oder noch besser, lern es selbst! Ich werde nicht mehr nach deinen Kommandos springen. Und was geht es dich überhaupt an, dass ich mit Marcel tanze? Kennt ihr euch etwa?«

Mit einer hochgezogenen Augenbraue sah Susanne Mira an. »Selbstverständlich kenne ich ihn. Jeder kennt Marcel Huber. Er ist schließlich *der* Star auf allen Partys. Deshalb ist es doch auch so eine große Ehre, wenn man eine Einladung zu einer seiner Partys bekommt. Ich habe ihn nur ein paarmal von Weitem gesehen und noch nie mit ihm gesprochen. Daher war ich ehrlich gesagt auch ein wenig verwundert über seine Einladung. Aber natürlich hinterfrage ich so etwas nicht. Da hat ihm wohl einfach jemand den Tipp gegeben, dass mich unbedingt auf seiner Feier haben müsse. So ist das nun mal. Wer oft auf Partys ist, bleibt im Gespräch und kommt im Leben weiter.«

Mira hörte Susanne kaum noch zu. In ihr echoten die Worte »*der* Star auf jeder Party« nach. Das war nun schon das zweite Mal, dass Marcel nicht hundertprozentig ehrlich zu ihr gewesen war. Was verheimlichte er ihr noch? Sollte sie sich am Ende auch in ihm getäuscht haben? Schließlich war er sofort bereit gewesen, ihr zu helfen. Im Prinzip war ihm seine Hilfe auch gelungen.

Sie versuchte, ihre Fassung wiederzugewinnen und starrte Susanne feindselig an. »Wie auch immer. Du hast mir jedenfalls nichts mehr zu sagen. Ich bin fertig mit dir und lasse mir nicht die erste Party meines Lebens von dir vermiesen. Leb wohl, Susanne!« Sie drehte sich auf dem Absatz um und ging hinüber zu Marcel.

»Das war wirklich großartig, Mira. Wie es aussah, hast du ihr ordentlich die Meinung gegeigt«, lobte dieser sie mit einem Grinsen im Gesicht. Er stand an eine Wand gelehnt da.

»Danke. Das hätte ich mir ehrlich gesagt selbst nicht zugetraut. Nun aber mal zu dir. Wer bist du wirklich?«

Stirnrunzelnd sah Marcel sie an. »Wie meinst du das denn jetzt?«

»Ganz einfach. Bisher hatte ich dich nur für einen gutaussehenden Typen von unserer Schule gehalten. Nun sind wir in einer Villa, die du dein Zuhause nennst und …«

»Du findest mich also gutaussehend?«

Kurz war Mira aus dem Konzept gebracht. Sie schüttelte den Kopf und schlug ihm leicht auf die Brust schlug. »Lass mich ausreden, ja? Susanne hat dich eben als *Star jeder Party* betitelt. Könntest du mir bitte erklären, was genau sie damit gemeint hat?

Verlegen kratzte sich Marcel am Hinterkopf. »Es stimmt schon, ich bin ab und zu auf einer Feier. Können wir bitte nachher darüber reden? Ich werde dir alles in Ruhe erzählen. Versprochen.«

Mira musste einen Moment lang nachdenken. Einerseits wollte sie sofort wissen, was Marcel zu sagen und ob er ihr womöglich noch etwas verschwiegen hatte. Andererseits hatte er ihr die Chance gegeben, endlich einmal eine echte Party erleben zu dürfen. Die sollte sie demnach in vollen Zügen genießen, auch wenn sie nicht wusste, ob sie dazu nach ihrem Gespräch überhaupt noch in der Lage war. Doch vielleicht stellte sich alles auch als ganz harmlos heraus. Außerdem war Marcel ihr im Grunde gar keine Rechtfertigung schuldig.

Immerhin hatten sie sich quasi zu einer Zweckgemeinschaft zusammengetan. Sie waren demnach kein echtes Paar. Mira konnte nicht einmal sagen, ob sie überhaupt Freunde waren.

Sie blickte zu Marcel auf und nickte.

Die Musik schlug in diesem Moment von Pop auf einen Blues um. Marcel zog Mira näher an sich heran und sie tanzten eng umschlungen. Sie versuchte, ihm nicht wieder auf den Fuß zu treten.

Als das Lied zu Ende war, gesellte sich Frank mit einem schiefen Grinsen zu ihnen. »Also mal ehrlich, wenn ich nicht wüsste, dass ihr euer Verhalten bereits vorher genau so geplant habt, könnte man echt meinen, dass ihr zwei zusammen seid. Allein wir ihr eben getanzt habt – alle Achtung.«

Erschrocken sah Marcel seinen besten Kumpel an. »Mann, bist du verrückt? Nicht so laut!«

»Ach was, bei der dröhnenden Musik hört das doch eh niemand.«

Dennoch blickten sich sowohl Marcel als auch Mira hastig um. Sie konnten aber weder

Susanne noch die drei Typen aus Marcels Klasse ausmachen, weshalb sie erleichtert aufatmeten.

»Habt ihr eure Mission schon durchgezogen oder kommt der große Showdown erst?«, wollte Frank wissen.

»Den Showdown hast du augenscheinlich verpasst.« Marcel erzählte ihm, was eben geschehen war.

Frank pfiff anerkennend durch die Zähne. »Alle Achtung, diese Susanne scheint echt von sich überzeugt zu sein. Aber sie lobt dich auch ganz schön in den Himmel. Wusste gar nicht, dass ich mit einem wahren Partystar befreundet bin. Da musst du bald Autogrammkarten drucken lassen, was? Doch wenn ich es mir genau überlege, könnte sie mit ihrer Äußerung durchaus recht haben.« Er klopfte Marcel anerkennend auf den Rücken, der daraufhin nur ein wenig das Gesicht verzog. Davon schien Frank jedoch nichts zu bemerken, denn er plapperte munter weiter. »Dass Dennis 'ne dreiste Socke ist, ist kein Geheimnis. Aber dass er auf die Idee kommt, dich zu fragen, ob du ihm mal seine Freundin ausleihst, finde ich schon echt krass. Soll er sich doch selbst eine suchen – eine, die es vielleicht ein wenig länger mit ihm aushält. Aber ich glaube fast, darauf kann er lange warten.« Nachdenklich legte Frank Daumen und Zeigefinger an sein Kinn. »Möchte mal wissen, wie er auf eine solche Frage reagiert hätte.«

»Wahrscheinlich hätte der Fragesteller schneller Dennis' Faust im Gesicht gehabt, als ihm lieb sein kann.« Nachdem Marcel die Vermutung geäußert hatten, lachten beide laut auf.

»Ja, das glaube ich auch. Da kann sich Dennis doch richtig glücklich schätzen, dass du nicht so ein Schlägertyp wie er bist.« Noch einmal sah Frank zwischen Mira und Marcel hin und her. »Na gut, dann lasse ich euch zwei mal wieder allein. Bleibt anständig.« Grinsend zwinkerte er ihnen zu und verschwand in der Menge.

Noch immer fühlte sich Mira in diesem großen Haus unwohl. »Dieser Dennis und seine Freunde sind wohl wirklich ziemliche Idioten, oder?«

Marcel grinste. »Das kannst du laut sagen.«

Sie ließ den Blick abermals durch den Raum schweifen. »Und deine Eltern haben echt nichts dagegen, wenn du so eine fette Party schmeißt?«

Marcel winkte ab. »Nein. Ich sagte ja, dass es nicht meine erste ist. Außerdem wird anschließend so picobello aufgeräumt, dass sie gar nicht merken werden, dass überhaupt eine Feier stattfand.« Er ergriff ihre Hand und führte sie auf die Terrasse.

Kapitel 8

Es war eine sternenklare Sommernacht. Nur ein laues Lüftchen umwehte sie.

Sie nahmen auf der Hollywoodschaukel Platz, die etwas abseits vom Haus auf der Wiese stand. Von hier aus hatten sie den perfekten Blick auf den beleuchteten Pool, der bisher von der Party völlig unberührt blieb. Es wunderte Mira, dass bisher niemand auf die Idee gekommen war, hineinzuspringen. Vielleicht war der Alkoholpegel dafür noch nicht hoch genug.

»So, jetzt stört uns hoffentlich keiner und wir können uns ein wenig unterhalten«, sagte Marcel. »Es tut mir wirklich wahnsinnig leid, wie alles gelaufen ist. Ich hatte einfach Angst, dass du am Ende doch so sein könntest wie alle anderen Mädchen, wenn ich sofort mit offenen Karten gespielt hätte.«

»Wie alle anderen Mädchen? Ich denke, du hattest noch nie eine Freundin. Oder war das am Ende auch gelogen?« Mira sah auf ihre Hände, die sie im Schoß gefaltet hatte und nervös knetete.

Erschrocken zuckte Marcel zusammen. »Mira, ich habe dich nie belogen. Das musst du mir glauben. Ich gebe zu, dass ich einige Informationen über mich nicht gleich preisgegeben habe. Das war allerdings reiner Selbstschutz. Ich wollte dich erst besser kennenlernen. Inzwischen weiß ich, es falsch war, dass ich einfach auf mein Bauchgefühl hätte hören sollen.«

Mira sah ihn nun direkt an. »So? Was sagt dir dein Bauchgefühl denn?«

Er legte eine Hand auf ihre, die sie noch immer bearbeitete. »Es sagt mir, dass du etwas ganz Besonderes bist und ich dir vertrauen kann. Aber ich wollte es zuerst nicht glauben, musste mich erst selbst davon überzeugen. Jetzt weiß ich natürlich, dass es von Anfang an recht hatte.«

»Welche Mädchen meinst du dann, wenn doch keine von ihnen je deine Freundin war?«

»Ständig flirten Mädels mit mir – sowohl in der Schule als auch auf Partys. Wäre es mir wirklich nur darum gegangen, um jeden Preis eine Freundin zu haben, hätte ich also schon längst mehrere haben können.« Erneut kratzte er sich verlegen am Hinterkopf. »Ich hoffe, das kommt jetzt nicht arrogant rüber oder so. Die Mädchen, die bisher was von mir wollten, waren nie an mir als Person interessiert. Für sie wäre ich nichts weiter als ein Statussymbol gewesen. Sie hätten vor den anderen damit angeben können, die Freundin eines Millionärssohns zu sein. Doch das wollte ich nicht. Ihnen sind Geld und Ansehen stets wichtiger als ein harmonisches Miteinander, bei mir ist es andersherum. Klar, meine Eltern haben viel Geld und kosten diesen Luxus voll und ganz aus. Sicherlich habe ich auch schon sehr häufig davon profitiert. Doch ich hasse dieses Leben. Vor allem möchte ich meinen Lebensweg nicht dadurch bestreiten, dass ich auf das Geld und den Namen meiner Eltern angewiesen bin. Ich will mein eigenes Leben leben. So, wie es mir gefällt. Tun und lassen, wonach mir der Sinn steht. Das erreichen, was ich möchte, mit dem, was ich kann. Einfach, weil ich selbst dafür gekämpft und gearbeitet habe und nicht, weil es mir dank meiner Eltern zufliegt. Ich hoffe, du verstehst, was ich meine.«

Mira nickte und lauschte in dem Moment der Stille dem Zirpen der Grillen. Sie verstand ihn wirklich, auch wenn sie noch ein wenig skeptisch war. Sagen konnte er schließlich viel. Sie hoffte, dass seine Worte ehrlich gemeint waren.

»Ich wollte einfach sichergehen, dass du nicht auch nur auf Geld aus bist. Als du anfangs sagtest, du wüsstest, wer ich bin, habe ich mich richtig erschrocken. Das war auch ein Grund für mein Schweigen. Ich wollte erst herausfinden, wie viel du wirklich von mir weißt. Aber glaub mir, ich tanze völlig aus der Reihe – sehr zum Leidwesen meiner Eltern.«

In dem Moment sah Mira in den Himmel hinauf und glaubte, eine Fledermaus vorbeiziehen zu sehen. Ganz sicher war sie sich jedoch nicht. Dafür war es zu dunkel und der Augenblick zu schnell vorüber.

»Anfangs bin ich nur auf Partys gegangen, weil sie es so wollten. Klar, irgendwann habe ich auch Spaß daran gefunden. Aber auf jeder dieser Partys trifft man meist die gleichen

Leute – allesamt schon in diesem Alter total versnobt. Sie ruhen sich auf den Lorbeeren ihrer Eltern aus und denken, dadurch zur besseren Gesellschaft zu gehören. Genau so benehmen sie sich auch. Die meisten konsumieren auf diesen Partys Alkohol in rauen Mengen.« Er atmete einmal tief durch. »Das ist einfach nicht meine Welt – jetzt erst recht nicht mehr. Ich habe dir von Anfang an gesagt, dass Partys nicht alles im Leben sind. Mir hat unser allererstes Gespräch erst wirklich vor Augen geführt, was aus mir geworden ist. Susannes Worte über mich, dass ich ein Partystar bin, bezeugen eindeutig, dass ich den falschen Weg eingeschlagen habe. Ich wollte niemals der Mittelpunkt von irgendeiner Party sein.« Er räusperte sich. »Deshalb bin ich auch nicht zu der Feier zum Schuljahresende gegangen, wie ich es ursprünglich vorhatte. Aber du hast dir so sehr gewünscht, einmal auf eine Party zu gehen. Ich habe dir diesen Wunsch in erster Linie deshalb erfüllt, damit du dir selbst ein Bild davon machen kannst.«

Wieder konnte Mira nur nicken. Sie hatte einen Kloß im Hals, der sich einfach nicht hinunterschlucken ließ.

»Eines musst du mir bitte glauben. Es war nie meine Absicht, dich zu belügen, zu hintergehen oder auszunutzen. Das hast du lange genug durch Susanne über dich ergehen lassen müssen. Nun weiß ich, dass ich von Anfang an mit dir hätte offen reden können, ohne dass du mich verurteilst. So ist es doch, oder?«

Mira war dankbar, dass Marcel nun ehrlich zu ihr war – zumindest hoffte sie das sehr. Ihr fiel ein, dass sie selbst nicht alles gesagt hatte. Dass sie ihn schon länger heimlich beobachtete und nicht nur durch Zufall seinen Namen erfahren hatte, war ihr mittlerweile megapeinlich. Sie würde es ihm irgendwann sagen müssen, doch noch war nicht der richtige Moment, denn ihr fehlten die passenden Worte dafür. Also schwieg sie.

»Du musst jetzt nichts dazu sagen. Ich kann mir vorstellen, wie du dich gerade fühlst, und es dir absolut nicht verübeln. Vielleicht reden wir einfach nach der Party noch einmal in aller Ruhe darüber.«

Mira sah ihn an, nickte. Es gab nun viel, worüber sie sich Gedanken machen musste. Aber das konnte sie nicht hier tun. Das brauchte Zeit. Wie viel, konnte sie allerdings noch nicht abschätzen. Nun wollte sie jedoch erst einmal versuchen, sich voll und ganz auf die Party zu konzentrieren.

Zum wiederholten Mal ergriff Marcel ihre Hand. Sie standen von der Hollywoodschaukel auf und gingen wieder ins Haus.

Sofort suchte Mira mit den Augen den Raum nach Susanne ab. Sie fand diese auch sehr schnell. Sie hatte sich erneut an die Bar gesetzt und warf Mira einen säuerlichen Blick zu, ehe sie einen Schluck von ihrem blauen Cocktail nahm.

Den Barkeeper hatte Marcel extra für die Party engagiert. Dieser mixte in einer Tour Cocktails – mit und ohne Alkohol –, die er auf der Bar zum Selbstbedienen hinstellte. Ab und zu zapfte er auf Wunsch auch ein Bier oder gab ein Flaschengetränk aus dem Kühlschrank heraus. Auf dem Tresen stand ein Hinweisschild:

Ananas mit Alkohol
Melone ohne Alkohol

Damit war die fruchtige Deko am Glas gemeint. Echt pfiffig, so wusste Mira gleich, welche sie besser nicht anrührte.

»Hast du vielleicht Hunger oder Durst?«, fragte Marcel dicht an Miras Ohr.

»Ja, ich könnte eine Kleinigkeit zu Essen vertragen. Vor lauter Aufregung habe ich den ganzen Tag über kaum etwas herunterbekommen.«

Marcel grinste. »Na, dann los. Es gibt heute eine reichliche Auswahl.«

Damit hatte er keineswegs übertrieben. Im Esszimmer, das hinter einem Rundbogen direkt an das Wohnzimmer angrenzte, war ein riesiges Buffet aufgebaut worden. So ein großes hatte sie zuletzt vor zwei Jahren auf der Hochzeit ihrer Cousine gesehen.

Sie nahmen sich jeweils einen Teller und häuften sich kleine Mengen der vielen verschiedenen Köstlichkeiten darauf.

»Ist es bei so einem Buffet überhaupt noch glaubhaft, dass es sich hierbei um eine Spontanparty handelt?«, fragte Mira zwischen zwei Bissen, als sie auf einer Couch Platz genommen hatten.

Marcel nickte. »Klar. Das Buffet stammt von einem guten Freund von Franks Eltern. Der hat einen Cateringservice und wenn wir ihn morgens anrufen, zaubert er bis zum Abend so etwas Tolles. Natürlich darf man an solchen Tagen keine speziellen Wünsche haben. Wir müssen dann nehmen, was er gerade vorrätig hat. Aber wir können uns nicht beklagen, oder?«

Mira schüttelte den Kopf, während sie einen Bissen des leckeren Curry-Nudel-Salat hinunterschluckte. »Auf gar keinen Fall. Dieser Salat ist der absolute Oberhammer!«

Marcel strahlte Mira glücklich an.

Nach dem Essen steuerten sie die Bar an, an der von Susanne mittlerweile nichts mehr zu sehen war.

Mira blickte sich um, konnte sie aber auch sonst nirgends erblicken. Auf einmal fiel ihr etwas ein. »Wo ist Booser eigentlich die ganze Zeit?«

»Den habe ich vorhin zu Franks Eltern gebracht. Dort ist er immer, wenn wir bei uns eine Feier haben. Denn dem Lärm muss er nicht ausgesetzt sein und sie mögen Booser sehr gern. Morgen, wenn hier wieder alles in Ordnung ist, werde ich ihn abholen.«

Während Mira und Marcel erneut tanzten, ließen sich seine nervigen Klassenkameraden immer mal wieder blicken und nickten ihm anerkennend zu. Anscheinend waren sie mit der Wahl seiner Freundin durchaus einverstanden – als wenn es die drei überhaupt etwas angehen würde. Aber zumindest würden sie Marcel zukünftig damit in Ruhe lassen, dass sie unbedingt seine Freundin kennenlernen wollten.

Einige Tänze später, bei denen Mira Marcel immer weniger auf die Füße getreten war, verabschiedeten sich die ersten Gäste.

Mira setzte sich zusammen mit Marcel auf das ultrabequeme Sofa und schlürfte einen leckeren giftgrünen alkoholfreien Cocktail. Von dem vielen Tanzen und den ungewohnten Schuhen taten ihr die Füße weh. Aber ihre Bewegungen waren sicherer geworden, es hatte zum Schluss richtig Spaß gemacht. »Für mich wird es auch langsam Zeit«, sagte Mira traurig.

»Ich bringe dich selbstverständlich nach Hause.«

In dem Moment lief Frank an ihnen vorbei.

»Hey, Frank!«, rief Marcel gegen die Lautstärke der Musik an.

Dieser kam zu ihnen und sah seinen besten Kumpel fragend an.

»Kannst du gleich mal die Stellung halten, während ich Mira nach Hause bringe?«

»Aber sicher doch, Chef. Gar kein Problem. Tschüss, Mira, war echt nett, dich kennenzulernen. Vielleicht sieht man sich irgendwann wieder.«

»Ja, vielleicht«, gab sie zurück.

Winkend zog Frank ab.

»Ich müsste nur noch kurz auf die Toilette.« Mira stellte ihr leeres Glas ab und machte sich auf den Weg zum Gästeklo, das sich neben der Treppe zum oberen Stockwerk befand. Als sie die Tür öffnete, schrie sie erschrocken auf.

Auf dem Boden vor der Toilettenschüssel lag Susanne in Fötushaltung und schnarchte wie eine Weltmeisterin. Außerdem roch es alles andere als angenehm.

In Sekundenschnelle traf Mira eine Entscheidung. Sie betrat das Gästeklo, verschloss die Tür und öffnete das kleine Fenster. Anschließend hockte sie sich neben ihre Klassenkameradin. Dort wurde der seltsame Geruch immer unerträglicher. Angewidert verzog Mira das Gesicht und versuchte, nicht zu tief einzuatmen. »Susanne. Hey, Susanne, wach doch auf.« Sie rüttelte an ihrer Schulter.

Sie kam nur ganz allmählich wieder zu sich. »Was ... was ist los? Wo bin ich?«, brabbelte sie lallend und versuchte, sich aufzusetzen.

Mira half ihr dabei.

»Boah, ist mir schlecht«, brachte Susanne hervor und schaffte es gerade noch rechtzeitig, sich über die Kloschüssel zu beugen – nicht zum ersten Mal, wie die Spuren auf ihrer Kleidung bezeugten.

Geistesgegenwärtig hielt Mira Susanne die langen Haare aus dem Gesicht. Sie musste sich stark zusammenreißen, um sich nicht ebenfalls zu übergeben. »Mein Gott, wie viel hast du denn gesoffen?«

»Nur zwei, drei Bier und einige von diesen superleckeren alkoholfreien Fruchtcocktails«, nuschelte Susanne, als sie endlich nicht mehr spuckte.

»Sicher, dass es die alkoholfreien waren?«

»Klar. Die mit der Ananas am Glas.«

Mira verdrehte die Augen. »Genau das sind die Cocktails *mit* Alkohol.«

Entsetzt sah Susanne sie an. »Ehrlich? Ich hätte schwören können, die wären ohne Alkohol gewesen. Von dem habe ich nämlich null Komma nichts gemerkt.«

»Glaub mir, das ist der Sinn dieser Cocktails. Deshalb sind sie doch auch so gefährlich – vor allem, wenn man keinen Alkohol verträgt. Sag bloß, du hast noch nie etwas davon gehört?« Mira griff eines der kleinen Handtücher aus dem Regal neben dem Waschbecken und drehte den Wasserhahn auf. »Mach dich erst mal sauber und spül dir den Mund aus. Ich bin gleich wieder da.« Sie reichte Susanne, die mittlerweile auf wackeligen Beinen neben ihr stand und sich am Waschbeckenrand festhielt, das nasse Handtuch und verließ das Klo. Dass sie selbst eigentlich auf die Toilette musste, ignorierte sie für den Moment.

Marcel saß noch immer auf dem Sofa. Als Mira hereinkam, stand er auf und lief ihr entgegen.

»Das hat aber lange gedauert.«

»Es gibt einen kleinen Notfall im Gästeklo.« In wenigen Worten berichtete Mira, was passiert war.

»Ausgerechnet Susanne. Nun ja, was soll's. Dann bringe ich eben erst sie nach Hause und anschließend dich.«

»Das würdest du tun?« Überrascht sah Mira ihn an.

»Sicher. Ich bin doch kein Unmensch.« Marcel lächelte Mira schief an. »Ich muss sagen, dass die ganze Situation schon ziemlich skurril ist.«

Sie klopfte an die geschlossene Tür der Gästetoilette. »Susanne, bist du fertig?«

Langsam öffnete sich die Tür und eine leidlich gerichtete Susanne kam heraus.

Nun konnte Mira endlich ihrerseits aufs Klo.

»Danke fürs Nachhausebringen«, sagte Susanne auf der Rücksitzbank hinter Mira. Eine Reaktion wartete sie allerdings nicht ab, sondern stieg schnell aus dem Auto.

Schwankend lief sie auf ihr Haus zu und brauchte mehrere Anläufe, um die Haustür aufzuschließen. Einmal fiel ihr sogar der Schlüssel herunter. Sie schloss die Tür hinter sich und Marcel fuhr los.

Keine zehn Minuten später hielt er sein Auto vor Miras Haus an und beide stiegen aus.

»Na dann, war eine schöne Party. Vielen Dank für alles.« Nervös trat Mira von einem Fuß auf den anderen.

Eine Weile sahen sich lediglich an, ohne dass einer von ihnen etwas sagte.

»Soll ich morgen vorbeikommen, um beim Aufräumen zu helfen?«

»Frank hilft mir. Aber ich denke, ein weiteres Paar Hände kann sicherlich nicht schaden. Ich hole dich morgen gegen zwölf Uhr ab, wenn das in Ordnung ist.«

»Ach was, ich kann auch zu Fuß zu dir kommen oder mit dem Bus fahren. So weit ist es schließlich nicht.«

»Mir macht das nichts aus.«

»Also gut. Ich muss jetzt rein. Danke für die Party. Gute Nacht und bis morgen.« Sie umarmte ihn kurz, drehte sich um und ging ins Haus.

Kapitel 9

Am nächsten Morgen öffnete sich die Tür zu Miras Zimmer und ihre Mutter sah herein. »Mira, wach auf, du hast Besuch.«

Mira, die in ihre Kissen gekuschelt im Bett lag und sich eigentlich noch im Land der Träume befand, schlug langsam die Augen auf. »Was … was ist … denn? Ich habe Ferien. Ich muss nicht in die Schule.«

»Stimmt, aber unten im Wohnzimmer wartet jemand auf dich. Los, zieh dir wenigstens was drüber und komm.«

Gähnend stand Mira auf, streckte sich kurz, schlüpfte in ihre Pantoffeln und lief in Richtung Tür. Während des Laufens schnappte sie sich ihren Morgenmantel vom Haken und zog ihn über. Sie wischte sich den letzten Rest

Schlaf aus den Augen und stieg die Treppe hinunter.

Im Wohnzimmer glaubte sie, immer noch zu träumen: Auf dem Sofa saß niemand anderes als Susanne. Sie hatte ein Kleid auf ihrem Schoß und lächelte Mira engelsgleich an.

»Du?« Nun war Mira hellwach. Was sich Susanne herausnahm, war wirklich mehr als dreist.

Trotz Schminke konnte Susanne nicht darüber hinwegtäuschen, dass sie vom Alkohol ziemlich fertig war. Mira hoffte inständig, dass sie einen gewaltigen Kater hatte. »Guten Morgen. Ich möchte mich noch mal bei dir bedanken – du weißt schon. Schau mal, das Kleid wollte ich dir eigentlich bereits gestern zeigen, habe es aber in all der Aufregung völlig vergessen. Und da wir morgen in den Urlaub fliegen, dachte ich, komme ich eben schnell vorbei. Na, wie gefällt es dir? Ich habe genug Klamotten und würde es dir gern schenken.«

Mira schwieg. Sie wusste nichts auf das Angebot ihrer ehemaligen Freundin zu sagen. Erst nach einer Minute fand sie ihre Stimme wieder. »Nein, danke. Was möchtest du überhaupt?«

»Na hör mal, ich werde doch wohl meine beste Freundin besuchen dürfen.«

»Pah, Freundin, von *beste* ganz zu schweigen. Dass ich nicht lache! Ausgenutzt von vorn bis hinten hast du mich, und das von Anfang an. Mir ist klargeworden, dass du nie eine wirkliche Freundin warst und auch niemals sein wirst. Ich hätte in der Situation gestern jedem geholfen. Andernfalls wäre es nämlich unterlassene Hilfeleistung, und das möchte ich mir nicht nachsagen lassen. Mag sein, dass ich in vielen Fällen zu nett bin und erst durch deine direkten Worte, die du mir neulich an den Kopf geworfen hast, wach geworden bin. Dafür bin ich dir tatsächlich dankbar. Die Party war von Marcel und mir inszeniert worden, um mich an dir zu rächen. Ich weiß, dass ein solches Verhalten falsch ist, aber in dem Moment fühlte es sich einfach richtig an. Dafür entschuldige ich mich bei dir. Aber ich möchte ab sofort nichts mehr mit dir zu tun haben. Und dein Kleid kannst du gern wieder mitnehmen.«

»Du willst mich tatsächlich rausschmeißen? Gut, ganz wie du meinst. Dann wirst du eben wieder das einsame Mauerblümchen, das du

einst warst, bevor ich deine Freundin wurde.«
Hocherhobenen Hauptes stiefelte Susanne zur
Tür. Gerade als sie diese erreichte, klingelte es.
Geistesgegenwärtig öffnete Susanne.

Marcel stand davor und strahlte über das
ganze Gesicht. Sein Lächeln entgleiste ihm allerdings sofort. »Was willst du denn hier?«

Susanne starrte den Jungen ungläubig an.
»Dasselbe könnte ich dich fragen.«

»Das kann dir vollkommen egal sein. Ich
glaube, es wäre besser, wenn du jetzt gehst.«

»Was weißt du denn schon? Aber keine
Sorge, ich bin schon weg. Dasselbe rate ich dir
auch. Dieses Mädchen ist nicht ganz richtig im
Kopf.« Sie deutete auf Mira, die direkt hinter
ihr stand.

Marcel starrte Susanne an. »Hau bloß ab!«

Susanne zog den Kopf ein und rannte ohne
ein weiteres Wort davon.

Nun musterte Marcel Mira von oben bis unten. Er deutete auf ihren Morgenmantel. »Ist
das der neuste Schrei oder dein Putzoutfit?«

»Sehr witzig! Ich habe noch geschlafen, als
Susanne eben unangemeldet aufkreuzte.«

Er warf einen kurzen Blick auf seine Armbanduhr. »Du weißt aber schon, dass es gleich

zwölf Uhr ist? Soweit ich mich erinnere, waren wir um zwölf verabredet. Hast du das etwa vergessen?«

Erschrocken riss Mira die Augen auf. »Was?! So spät ist es schon? Komm kurz rein. Ich ziehe mir schnell was an und dann können wir los.«

Schmunzelnd trat Marcel ein.

Mira rannte die Treppe hinauf und verschwand kurz darauf im Bad. In Windeseile schrubbte sie sich die Zähne, wusch sich flüchtig das Gesicht und flitzte über den Flur in ihr Zimmer, um sich das Erstbeste anzuziehen, was sie in ihrem Schrank greifen konnte.

Nur wenige Minuten später war sie wieder unten im Wohnzimmer, wo sich Marcel mit ihren Eltern unterhielt.

»So, ich bin dann jetzt fertig.«

Marcel stand auf, verabschiedete sich und folgte Mira nach draußen.

Als sie bei Marcel ankamen, hockte Frank bereits auf den Stufen vor der Eingangstür. »Mein Gott, wo bleibt ihr denn? Ich warte schon eine halbe Ewigkeit auf euch. Und an dein Handy gehst du wohl neuerdings auch nicht mehr, was?«

Marcel blickte seinen Kumpel zerknirscht an. »Sorry, es hat etwas länger gedauert.« Er tastete seine Hosentaschen ab. »Das Handy muss ich in meinem Zimmer liegen gelassen haben.« Er schloss die Tür auf.

Unwillkürlich rümpfte Mira die Nase. »Boah, stinkt das hier!«

»Tut mir leid, ich bin noch nicht dazu gekommen, zu lüften.«

»Dann sollten wir das wohl als Erstes machen.« Frank steuerte direkt auf die Terrassentür zu.

Mira ließ ihren Blick schweifen. »Oje, sieht das schlimm aus. Wann kommen deine Eltern denn wieder?«

»Morgen um die Mittagszeit, vermute ich.«

Erschrocken sah sie ihn an. »Ist das dein Ernst? Du meinst also, wir müssen dieses Chaos bis heute Abend beseitigen? Das schaffen wir doch niemals.«

Frank warf Marcel einen vielsagenden Blick zu. »Glaub mir, Mira, Marcel und ich haben schon ganz andere Sachen gepackt.«

Verlegen lächelte Marcel. »O ja, das stimmt. Sonst machen Frank und ich oftmals nur zu zweit klar Schiff. Doch mit deiner tatkräftigen

Unterstützung schaffen wir das im Handumdrehen. Um vierzehn Uhr kommt jemand vom Cateringservice, um die Platten und Schüsseln mitzunehmen.« Er holte ein paar Müllsäcke, reichte jedem einen und sie sammelten Pappteller, Plastikbecher und sonstigen Müll aus allen nur erdenklichen Ecken ein.

Es war unglaublich, wo die Partygäste das mehr oder weniger leere Geschirr deponiert hatten. Mira war sehr froh, dass sich Marcel für die Nutzung von Plastikbesteck entschieden hatte. Wenn sie das alles auch noch hätten abwaschen müssen, würden sie es auf gar keinen Fall bis zum Abend schaffen. Selbst die Spülmaschine, die es in der Küche dieser Villa mit ziemlicher Sicherheit gab, bräuchte bei der Menge mehrere Durchgänge.

Müllsack um Müllsack füllte sich und in recht kurzer Zeit war schon ein deutliches Ergebnis zu erkennen. Somit stieg auch bei Mira allmählich die Zuversicht.

Die Klingel der Haustür schreckte die drei Putzteufel auf. Es war nur der Mann vom Catering, der das geliehene Geschirr abholte.

Für einen Moment hatte Mira angenommen, Marcels Eltern würden früher heimkommen, und atmete erleichtert auf. Aber hätten die überhaupt geklingelt?

Erschöpft ließen sie sich am späten Abend auf die Couch fallen. Booser lag, den sie zwischenzeitlich abgeholt hatten, vor ihren Füßen auf dem Boden.

»Geschafft!«, sagte Mira erleichtert.

»Völlig erledigt«, fügte Frank hinzu.

Marcel wischte sich den Schweiß von der Stirn. »Das ist die Kehrseite einer jeden Party, die man selbst veranstaltet.«

Nachdem alle sich noch ein Glas eiskalte Cola gegönnt hatten, stand Frank als Erster auf. »So, dann mach ich mich mal wieder vom Acker. Ich muss ganz dringend duschen. Tschau, ihr zwei. Bleibt anständig.« Er winkte grinsend und ging.

Mira warf einen Blick auf die Wanduhr. »Für mich wird es auch Zeit, sonst geben meine Eltern noch eine Vermisstenanzeige auf.«

»Na, so schlimm wird es schon nicht werden.« Marcel schmunzelte. »Ich fahre dich natürlich.«

Wenig später standen sie bei Marcels Auto vor Miras Haus. »Kann ich vielleicht morgen vorbeikommen, damit wir noch mal in Ruhe über alles reden können?«

Auf einmal hatte Mira einen dicken Kloß im Hals, sodass sie lediglich nicken konnte. Mit einem Mal kam ihr das Gespräch vom Vortag in den Sinn und alle Bedenken, die sie bisher erfolgreich ausgeblendet hatte, meldeten sich zurück.

Kapitel 10

Am nächsten Tag wartete Mira vergeblich auf Marcel. Gegen Nachmittag beschloss sie, ihm eine Nachricht zu schreiben:

> Hi Marcel, wann bist du hier? Oder kam etwas dazwischen? LG Mira

Doch darauf erfolgte keine Antwort.

Abends rief sie bei ihm an. Allerdings klingelte es so lange, bis schließlich die Mailbox ranging.

Sie legte auf, ohne ihm etwas draufzusprechen. Was war das denn? Mira wusste nicht, was sie davon halten sollte, und hoffte, Marcel würde ihr in Kürze eine plausible Erklärung für sein Verhalten geben. Bewahrheiteten sich an Ende ihre Befürchtungen doch? Hatte sie sich in Marcel geirrt?

Auch in den nächsten Tagen wartete Mira vergeblich darauf, dass Marcel sich bei ihr meldete. Noch zweimal rief sie bei ihm an, jedes Mal mit demselben Misserfolg. Beim dritten Versuch ging sofort die Mailbox ran.

Miras Gefühle fuhren Achterbahn. Sie konnte sich nicht entscheiden, ob sie wütend auf Marcel oder gar sich selbst sein sollte, weil sie wieder einmal auf jemanden hereingefallen war, der es angeblich nur gut mit ihr meinte. Vielleicht war sie aber auch einfach nur enttäuscht, weil sie so etwas von Marcel nie gedacht hätte – vor allem nicht nach seinen offenen Worten auf der Party.

»Ist alles in Ordnung mit dir?«, fragte ihre Mutter, als Mira in ihrem Mittagessen herumstocherte, ohne wirklich etwas zu essen.

»Ja, alles bestens. Ich habe nur gerade keinen Hunger.« Mira erntete einen skeptischen Blick ihrer Eltern.

Anschließend zog sie sich wieder auf ihr Zimmer zurück. Dorthin verkroch sich Mira die ganze Zeit, statt das unglaublich schöne Wetter der Sommerferien zu genießen.

Als sie gerade auf ihrem Bett lag und ein Buch las, klopfte es an der Tür.

»Ja?«

Ihre Mutter trat ein und setzte sich zu ihr auf die Bettkante. »Was ist los mit dir?«

»Nichts.«

Miras Mutter sah sie mit schiefgelegtem Kopf prüfend an.

Tief atmete Mira durch. »Bin ich echte Freundschaften nicht wert?«

Ihre Mutter zuckte erschrocken zusammen. »Wie kommst du denn bloß auf diesen Unsinn?«

Also erzählte Mira ihr in groben Zügen, was ihr zuerst mit Susanne und anschließend mit Marcel passiert war.

»Ach Mensch.«

Mira ließ sich von ihrer Mutter in die Arme nehmen.

»Susanne fand ich ehrlich gesagt schon immer ziemlich oberflächlich. Aber da ich den Eindruck hatte, dass du mit der Freundschaft zu ihr recht zufrieden warst, habe ich mich da nie eingemischt. Jeder muss schließlich seine eigenen Erfahrungen sammeln – dazu gehören leider ebenfalls negative. Außerdem konnte ich mich auch irren. Immerhin war Susanne bei uns nur sehr selten zu Besuch.«

Das stimmte tatsächlich – meist waren sie bei Susanne zu Hause gewesen. Allerdings nicht immer ausschließlich, damit Mira ihr bei irgendetwas half, sondern im Sommer auch mal, um eine kühle Erfrischung im Pool zu genießen. Dieser war bei Weitem nicht so groß wie der von Marcel, nur einer dieser runden Bottiche, aber er reichte vollkommen aus, wenn man nicht gerade erpicht darauf war, Bahnen zu schwimmen.

»Marcel machte allerdings einen anderen Eindruck auf mich. Er schien dich wirklich zu mögen. Dass er aus so einem reichen Elternhaus kommt, merkt man ihm kein bisschen an. O nein, nicht weinen. Es wird schon alles wieder gut werden.«

Mira hatte gar nicht bemerkt, dass Tränen über ihre Wangen liefen. »Was soll ich denn jetzt machen?«, fragte sie und schniefte. Mit dem Handrücken wischte sie über die Augen.

»Ich fürchte, du kannst im Moment gar nichts machen. Da hilft einzig und allein abwarten. Vielleicht hat Marcel tatsächlich einen Grund, warum er sich nicht bei dir meldet. Du wirst schon sehen, am Ende könnt ihr darüber lachen.«

Mira hoffte sehr, dass ihre Mutter recht behielt, glauben konnte sie jedoch nicht wirklich daran.

An diesem Abend dauerte es lange, bis Mira in den Schlaf fand.

»Komm, raus aus den Federn! Wir fahren heute in den Urlaub.« Wieder einmal riss die Stimme ihrer Mutter Mira aus ihren Träumen, auch wenn diese alles andere als angenehm waren und sie ihr daher dankbar dafür war, dass sie sie auf so rabiate Art und Weise weckte. »Urlaub? Wie? Was?«, nuschelte sie und rieb sich über das Gesicht.

»Papa und ich haben beschlossen, dass wir für eine Woche an die Ostsee fahren, um dich ein wenig aufzubauen und auf andere Gedanken zu bringen. Wir haben ein günstiges Hotel gefunden, gar nicht weit weg vom Strand. Also los, steh auf, pack deine Sachen und vergiss auf keinen Fall dein Badezeug. Vielleicht ist das Meer warm genug. Zum Sonnenbaden am

Strand reicht es allemal – vorausgesetzt das Wetter spielt mit. Das ist an der Küste so eine Sache.«

Mira konnte es noch immer nicht glauben. Wann waren sie zuletzt verreist? Dann fiel ihr siedend heiß etwas ein. »Aber ihr habt doch gar keinen Urlaub und ich muss morgen wieder im Supermarkt arbeiten.«

»Wir haben Urlaub. Allerdings nur diese eine Woche. Eigentlich wollten wir dich in der Zeit mit schönen Tagesausflügen überraschen. Aber wir sind gestern Abend zu dem Entschluss gekommen, dass du dringend etwas Größeres brauchst.«

Mit einem freudigen Aufschrei fiel Mira ihrer Mutter um den Hals. »Ihr seid die allerbesten Eltern auf der ganzen Welt. Vielen, vielen Dank!«

»Nicht dafür, mein Engel. Und nun mach dich fertig, damit wir so schnell wie möglich ans Meer kommen.«

Das ließ sich Mira nicht zweimal sagen. Schlagartig war sie putzmunter. Sie rief bei ihrer Chefin an und konnte von Glück reden, dass sie die wohl freundlichste Filialleiterin war, die sie sich hätte wünschen können. Denn sie genehmigte ihr den kurzfristigen Urlaub und wünschte ihr zudem viel Spaß.

Zur Mittagszeit erreichten sie den Kurort, wo sie die nächste Woche im Strandhotel Seerose unterkommen würden. Das strahlend weiße Gebäude mit dem Reetdach befand sie nicht nur in unmittelbarer Strandnähe, sondern hatte zudem auch noch einen ziemlich großen See auf dem Hotelgelände, dem das Hotel seinen Namen verdankte.

An der Rezeption wurden sie von einer jungen Frau in blau-weißer Hoteluniform freundlich begrüßt. »Guten Tag! Herzlich Willkommen im Strandhotel Seerose. Was kann ich denn für Sie tun?«

»Guten Tag. Faber mein Name. Wir haben kurzfristig für diese Woche zwei Zimmer bei Ihnen gebucht.«

»Einen kleinen Augenblick bitte, Herr Faber, ich schaue rasch nach.« Mit ihren verlängerten Gelnägeln klapperte die zierliche Frau in Windeseile auf der Computertastatur herum. »Ah ja, hier ist es auch schon.« Sie drehte sich um, nahm zwei Schlüssel vom großen Schlüsselbrett und reichte sie ihnen über den Tresen.

»Ihre Zimmer sind die Nummern 230 und 232 im zweiten Stock. Das Doppelzimmer ist die 232. Das ist das heutige Menü. Sie können gern bei uns zu Abend essen. Ich wünsche Ihnen einen angenehmen Aufenthalt bei uns.«

Familie Faber bedankte sich und lief zum Fahrstuhl, der sie und ihr Gepäck in die zweite Etage brachte.

Durch die großartige Ausschilderung fanden sie ihre Zimmer schnell und Mira staunte nicht schlecht, als sie gemeinsam das Doppelzimmer betraten. Es war größer als erwartet und bot einen fantastischen Blick direkt auf das Meer, das in der Sonne wie unzählige Diamanten glitzerte.

»Bist du sicher, dass der Preis stimmt, den du mir genannt hast? Im Moment kann ich das nämlich kaum glauben.« Miras Mutter blickte sich verwundert im Zimmer um.

»Ja, ich bin mir ziemlich sicher. Aber ich war der Meinung, dass unsere Zimmer eigentlich keinen Meerblick haben sollten. Wartet mal, ich gehe nach unten und frage. Nicht, dass sie uns nur versehentlich die falschen Schlüssel gegeben hat und wir wieder umziehen müssen, kaum dass wir ausgepackt haben.«

Miras Vater verließ das Zimmer, während Mira auf den Balkon hinaustrat und den Anblick auf das unendlich scheinende Meer förmlich in sich aufsog. Sie hatte das Gefühl, dass sogar die Luft salzig schmeckte.

Schneller als erwartet kam ihr Vater wieder zurück. »Wir sind sehr wohl in den richtigen Zimmern. Das heißt nein – also doch.«

»Na, was denn nun?« Irritiert sah ihre Mutter ihn an.

»Ich will sagen, dass wir ein kostenloses Upgrade bekommen haben. Die Zimmer, die ich ursprünglich für uns gebucht hatte, liegen tatsächlich auf der anderen Seite. Aber weil das Hotel für diese Woche noch genügend Kapazitäten frei hat – selbst wenn von heute auf morgen ein ganzer Reisebus einträfe –, haben sie uns kurzerhand diese Zimmer gegeben.«

»Und wir müssen dafür nicht mehr bezahlen als für die anderen Zimmer?« Miras Mutter sah ihren Vater eindringlich an.

Ihr Mann schüttelte den Kopf. »Nein, keinen Cent. Mir kam das genauso komisch vor wie dir. Deshalb habe ich exakt dieselbe Frage gestellt. Aber die nette Frau an der Rezeption hat mir eben versichert, dass für das Upgrade keinerlei Zusatzkosten auf uns zukommen werden.«

»Cool!«, entfuhr es Mira. »Dann gehe ich mal rüber in mein Zimmer und packe aus.«

Nachdem alles aus den Koffern und Taschen in den Schränken verstaut war, beschlossen sie, an den Strand hinunterzugehen.

Für Mira war dies der erste Urlaub am Meer. Klar, es war sicherlich kein Vergleich zu Spanien oder anderen wärmeren Ländern. Aber dennoch faszinierten sie die Weite des Meeres und die Wellen, die gleichmäßig an das Ufer schwappten, ungemein.

Sie ließ ihren Blick über den Sandstrand wandern und stutzte. »Warum stehen die Strandkörbe denn alle falsch rum? So kann man doch das Meer gar nicht sehen.«

»Die stehen nicht falsch rum«, widersprach ihre Mutter. »Sie sind in erster Linie dafür da, diejenigen, die darinsitzen, vor dem Wind zu schützen. Und wenn dieser vom Meer aus weht, sind die Körbe durchaus schon mal mit Blickrichtung aufs Land ausgerichtet.«

Mira runzelte die Stirn. »Das ist aber blöd. Das Meer ist doch viel spannender.«

»Es ist natürlich erlaubt, seinen Strandkorb herumzudrehen. Nur spazieren gehen sollte man mit ihnen nicht, damit die Vermieter am Ende des Tages ihre Strandkörbe nicht suchen müssen.«

Entsetzt sah Mira ihren Vater an. »Man muss die mieten? Das heißt, ich dürfte mich jetzt nicht einfach in einen reinsetzen und ein Buch lesen?«

Er schüttelte den Kopf. »Leider nein.«

Trotzig verschränkte Mira die Arme vor der Brust. »Dann will ich doch keinen Strandkorb – egal, in welche Richtung ich schaue.«

Nachdem sie den Strand ein gutes Stück entlanggelaufen waren und Mira ein paar Erinnerungsfotos mit dem Handy geschossen hatte, machten sie sich wieder auf den Rückweg zum Hotel. Der Hunger rief. Kein Wunder, denn ihr Frühstück lag bereits einige Zeit zurück. Im Restaurant gab es zur Mittagszeit allerdings nur kleine Snacks und das größere Essen – samt Vor- und Nachspeise – erst gegen achtzehn Uhr.

Das störte Familie Faber nicht. Sie ließen sich die Bockwürste mit Kartoffelsalat schmecken.

Nach dem Snack zogen sie sich auf ihre Zimmer zurück. Mira schnappte sich ihr Buch und setzte sich damit auf den sonnenbeschienenen Balkon.

Einige Zeit später fiel ihr der hauseigene Pool wieder ein. Diesen wollte sich Mira unbedingt noch vor dem Abendessen näher anschauen. Ihr Vater begleitete sie, während ihre Mutter weiterhin auf einem Liegestuhl auf ihrem Balkon saß.

Mira staunte nicht schlecht, als sie den Wellnessbereich betraten – mit den Schuhen in der Hand, denn hier unten war alles als Barfußbereich gekennzeichnet. »Wow! Ist das genial! Hast du das gewusst?«

Ihr Vater schmunzelte und nickte. »Ich habe die Bilder auf der Hotelwebseite gesehen.«

Der gesamte Wellnessbereich war einer Grotte – oder besser gesagt einem ganzen Grottensystem – nachempfunden. Mira kam sich wie in einer vollkommen anderen Welt vor: Die Wände und Decken sahen aus wie Felsen, die von ständig fließendem Wasser zerklüftet wurden. Auch der Boden bestand aus unregelmäßigen Natursteinfliesen. Alle Türen und Möbelstücke waren aus hellem Holz gefertigt worden. Links vom Gang ging es in den Saunabereich und rechts in einen Ruheraum mit Liegestühlen.

Sie liefen geradeaus weiter und gelangten zu dem Badebereich. Zu der Zeit waren in diesem nur noch vereinzelt Gäste zu finden.

Vor Staunen blieb Mira der Mund offen stehen. »Das ist der genialste Pool, den ich je gesehen habe.«

Das langgezogene sechseckige Becken befand sich in einem großen Raum mit einer riesigen Fensterfront, durch die gerade die Abendsonne schien und alles noch viel magischer wirkte. Die Poolfliesen waren himmelblau und in diese waren unzählige kleine Lämpchen eingelassen, die wie das Meeresglitzern wirkten. Die Decke direkt über dem Wasser war ebenmäßig, dunkelblau gestrichen und ebenfalls mit winzigen Leuchtmittel bestückt. Es sah aus, als würde man unter dem Sternenhimmel schwimmen. Das Highlight des Schwimmbereichs befand sich allerdings an der Wand gegenüber vom Panoramafenster, vor dem eine Reihe Liegestühle stand. Dort führten in der Mitte des Pools parallel zur Wand zwei große Treppen ins Wasser. Hatte man die unterste Stufe erreicht, stand man zunächst auf einer kleinen Plattform. In Richtung Fenster kam man nun in den eigentlichen Pool. Zur anderen Seite öffnete sich die Wand zu einer riesigen Grotte, in der man an Sprudelelementen sitzen und entspannen konnte.

»Der absolute Wahnsinn!«, hauchte Mira.

Ihr Vater strahlte sie an, als wäre das Ganze sein Verdienst. »Ich dachte mir schon, dass dir das gefallen würde, als ich es auf der Webseite sah. Ich nehme an, du möchtest dich nachher gleich in die Fluten stürzen?«

»Worauf du dich verlassen kannst.«

Als sich die gesamte Familie später im Wellnessbereich aufhielt und Mira gerade in der Sprudelgrotte saß, war sie felsenfest davon überzeugt, dass diese eine Woche Urlaub ihre angekratzte Sommerferienstimmung wieder aufhellen konnte. Sie bemerkte, dass sie schon länger nicht an Susanne oder gar Marcel gedacht hatte. Sie nahm sich vor, dass diese beiden Kapitel für sie abgeschlossen waren. Doch gerade bei Marcel fiel es ihr besonders schwer, das zu akzeptieren. Sie würde wohl noch etwas mehr Zeit brauchen.

Kapitel 11

Die nächsten Tage genossen sie einfach nur die pure Entspannung bei knapp dreißig Grad im Schatten. Weil aber ein stetiger Wind vom Meer herüberwehte, fühlte es sich nicht so heiß an. Deshalb hatte Mira die Hitze unterschätzt und direkt am ersten kompletten Urlaubstag, den sie überwiegend am Strand verbracht hatten, einen Sonnenbrand bekommen.

Mira hatte sich zwei Bücher mitgenommen, allerdings würde sie sich wohl oder übel ein neues kaufen müssen, denn das zweite hatte sie mittlerweile fast ausgelesen und ihr blieben noch drei volle Tage, ehe sie wieder heimfuhren.

Nach dem Frühstück machte sie sich für ihren täglichen Aufenthalt am Strand fertig. Sie beschloss, erst einmal in den Ort zu gehen und eine Buchhandlung zu suchen. Diese fand sie auch recht schnell im Ortskern. Es handelte sich um einen ganz winzigen Laden, den man in einer Großstadt wie die, in der Mira lebte, immer weniger sah. Sie wurden mehr und mehr von den großen Konzernen verdrängt. Mira fand das sehr schade, denn gerade bei dieser örtlichen Buchhandlung merkte sie gleich beim Eintreten einen ganz besonderen Charme. Außerdem roch es auch viel besser als in den großen Häusern.

Hinter dem Tresen stand eine etwas rundliche Frau, in deren dunklen Haaren sich bereits einige graue Strähnen abzeichneten. Sie lächelte Mira freundlich entgegen. »Guten Morgen! Was kann ich denn an diesem herrlich sonnigen Tag für dich tun?«

Mira musste schmunzeln. Die Buchhändlerin dieses kleinen Ladens war ihr auf Anhieb sympathisch. »Mir geht gerade der Lesestoff für den Urlaub aus. Ist es okay, wenn ich mich ein wenig umschaue?« Sie hatte keine Ahnung, aus welchem Grund sie diese Frage gestellt hatte, immerhin war das ein Laden. Doch alles andere wäre ihr irgendwie respektlos erschienen.

»Aber selbstverständlich. Fühl dich ganz wie zu Hause und lass dir ruhig Zeit. Solltest du Fragen haben, tu dir keinen Zwang an, sie zu stellen.«

Von außen sah das Geschäft viel kleiner aus, als es eigentlich war. Es erstreckte sich noch ein gutes Stück nach hinten. Alle Wände waren mit deckenhohen Regalen vollgestellt. An einigen standen Leitern, die man mit Hilfe einer Schiene, die oben an den Regalen befestigt war, hin und her schieben konnte.

Mira war fasziniert und musste sich erst einmal ein wenig orientieren, wie die Bücher hier angeordnet waren.

Nach einer gefühlten Ewigkeit hatte sie gleich drei Bücher gefunden, die ihr interessant erschienen. Da sie sich für keines davon entscheiden konnte, kaufte sie letztendlich alle. Damit hatte sie zwar fast ihr gesamtes restliches Urlaubsgeld ausgegeben, aber viel hatte sie bisher sowieso nicht gebraucht, und das würde sich in den verbleibenden Tagen wohl kaum ändern.

»Ah, eine sehr gute Wahl. Das hat meine Tochter vor Kurzem auch gelesen. Sie war schwer begeistert davon.« Die Verkäuferin kassierte ab und steckte die Bücher in einen Stoffbeutel, den Mira dazukaufte. So hatte sie gleichzeitig auch noch ein Andenken an ihren Urlaub, weil darauf der Name der Buchhandlung stand. »Dann wünsche ich dir viel Vergnügen mit deinem neuen Lesestoff und einen schönen restlichen Urlaub.«

Mira bedankte und verabschiedete sich, ehe sie die kleine Buchhandlung mit etwas Wehmut wieder verließ. Sie beschloss, spätestens am letzten Urlaubstag noch einmal herzukommen – und sei es auch nur, um zu stöbern.

Von dem Laden aus ging sie direkt hinunter zum Strand. Ihre Eltern hatten am Morgen beim Frühstück beschlossen, dem Meeresmuseum, das sich im Nachbarort befand, einen Besuch abzustatten. Aber darauf hatte Mira überhaupt keine Lust. Sie war generell nicht so die Museumsgängerin, das war ihr viel zu langweilig. Da tauchte sie lieber mit einem guten Buch in fremde Welten oder andere Leben ein.

Sie setzte sich auf eine niedrige Mauer und begann zu lesen. Allerdings schweiften ihre Gedanken schon nach kurzer Zeit ab. Sie holte ihr Handy hervor und warf einen Blick darauf.

Noch immer keine Nachricht von Marcel. Langsam war sie sich sicher, dass sie ihn vollkommen abschreiben konnte. So ein Arsch! Erst war er nicht ehrlich zu ihr gewesen und kaum hatte er bekommen, was er wollte, hatte er sie wie glibberigen Schleim fallen gelassen. Von wegen, er hatte ihr nur helfen wollen! Schwachsinn! Er hatte nur an sich selbst gedacht. Seinen drei dämlichen Klassenkameraden würde er sagen, dass er sich von ihr getrennt hatte, und er war fein raus aus der Nummer. Marcel war wirklich keinen Deut besser als Susanne. Die beiden passten perfekt zusammen.

Mira seufzte und versuchte noch einmal, sich voll und ganz auf ihr Buch zu konzentrieren. Sie nahm sich vor, ab sofort nie mehr einen Gedanken an Marcel zu verschwenden. Der Typ war für sie endgültig gestorben!

An diesem Tag war einfach der Wurm drin. Mira konnte sich nicht auf die Handlung ihres Buches einlassen. Zu wirr war in dem Moment das Gedankenkarussell, das sich unaufhörlich und immer schneller in ihrem Kopf drehte. Gegen Mittag gab sie das Lesen auf und kaufte sich am nahegelegenen Imbiss eine Portion Pommes rot-weiß.

Kaum kratzte sie mit der letzten Pommes den Rest Majo auf, hörte sie auf einmal ein unheimliches Grummeln. Ihr Blick glitt zum Meer und sie erschrak fürchterlich.

Über der Ostsee formierten sich riesige graue Wolkenmassen. Auf einmal rauschte ein zigfach gezackter Blitz ins Wasser hinab.

Hektisch packte Mira ihre Sachen zusammen, warf die leere Pommesschale in den nächstgelegenen Papierkorb und machte sich eiligen Schrittes auf den Weg zum Hotel. Sie hoffte inständig, dass sie es erreichen würde, ehe das Gewitter an Land kam.

Allmählich nahm auch der Wind zu. Als sie im Hotelzimmer ankam, bogen sich die Bäume bedenklich.

Ihre Eltern waren offenbar noch nicht zurück. Daher schreib Mira, ihrer Mutter eine Nachricht.

Hallo Mama! Ich bin in meinem Hotelzimmer. Wo seid ihr?

Sie musste nicht lange auf eine Antwort warten.

> Sind in 5-10 Minuten im Hotel. Mama

Erleichtert atmete Mira durch, zuckte jedoch im nächsten Moment zusammen, als es draußen erneut blitzte. Der dazugehörige Donner ließ nicht allzu lange auf sich warten. Das hatte aber auch gescheppert. Noch regnete es nicht, doch das war sicherlich nur eine Frage der Zeit. Dafür hatte der Wind abermals eine Schippe zugelegt und wütete draußen inzwischen als ausgewachsener Sturm. Alles, was nicht niet- und nagelfest war, riss er mit sich. Plötzlich krachte und knirschte es sehr laut.

Mira rannte zum Fenster und spähte hinaus.

Von einem Baum war ein großer Ast abgebrochen und lag nun auf der Wiese des Hotelgeländes.

Ungläubig schlug Mira sich die Hand vor den Mund. *Hoffentlich kommen Mama und Papa heil zurück.*

Kaum hatte sie diesen Gedanken zu Ende gedacht, klopfte es an ihrer Tür. Mira öffnete und fiel gleich darauf ihrer Mutter um den Hals. Sie und ihr Vater sahen reichlich zerzaust aus, hatten es aber augenscheinlich unverletzt ins Hotel geschafft.

»Schaut mal, jetzt fängt es an zu schütten – aber wie«, stellte ihr Vater fest und deutete zum Fenster hinüber. »Als hätte der Regen nur darauf gewartet, dass wir alle in Sicherheit sind.«

Dafür war Mira überaus dankbar.

Sie ging mit ihren Eltern hinüber in deren Zimmer. Zu dritt standen sie am Fenster. So ein Gewitter direkt über dem Meer war ein faszinierendes Naturschauspiel – wenn man sich währenddessen nicht gerade selbst draußen aufhielt.

Gewitter und Sturm hatten noch fast die ganze Nacht getobt, sodass Mira sehr schlecht schlafen konnte. Dementsprechend gerädert fühlte sie sich am nächsten Morgen, als sie ein Klopfen an ihrer Zimmertür weckte.

»Mira, aufstehen! Wir wollen frühstücken.« Es war ihre Mutter. Wie konnte sie nur nach einer solch furchtbaren Nacht nur so munter klingen?

»Geht schon mal vor. Ich komme gleich«, brummte Mira und setzte sich im Bett auf. Sie gähnte herzhaft und streckte sich ausgiebig. Wenn sie liegen blieb, würde sie sofort wieder einschlafen. Mit einem Ruck stand sie auf und schlurfte in das kleine Bad hinüber. Vielleicht würde eine Dusche helfen. Ganz kalt mochte sie das Wasser nicht, aber lauwarm war gerade bei den heißen Temperaturen sehr angenehm und vor allem erfrischend. Aber nach einer solch unruhigen Nacht half das auch nur bedingt.

Nach dem Frühstück beschlossen Mira und ihre Eltern, ihren vorletzten Urlaubstag ausschließlich am Strand zu verbringen.

Die Sonne schien wieder vom strahlend blauen Himmel. Nur vereinzelt waren ein paar Schäfchenwolken zu sehen. Die Möwen zogen kreischend ihre Kreise. Hätten auf dem Boden nicht Blätter, Zweige und teilweise ganze Äste gelegen, hätte Mira nicht gedacht, dass es am Abend und den Großteil der Nacht einen Gewittersturm gegeben hatte.

Allerdings hatten sich die Temperaturn dadurch auch merklich abgekühlt. Statt dreißig Grad waren es nur noch fünfundzwanzig.

Als Mira nach draußen trat, fröstelte sie daher ein wenig. Kurz bereute sie, dass sie sich keine Strickjacke angezogen hatte. Andererseits waren fünfundzwanzig Grad nicht wirklich kalt, obwohl der Wind, der vom Meer herüberwehte, ein wenig frisch war. Aber sie würde sich schon daran gewöhnen, wenn sie erst einmal am Strand waren.

Dort angekommen, erschrak die Familie im ersten Moment, denn der Sand war über und über mit Unrat übersät.

»Wo kommt das denn auf einmal alles her? Gestern sah es hier jedenfalls noch nicht so aus«, fragte Mira.

»Ich schätze, all der Müll schwamm vorher im Meer.«

Entsetzt sah Mira ihren Vater an. »Das ist jetzt nicht dein Ernst, oder?«

»Ich fürchte doch. Man glaubt gar nicht, was alles im Meer zu finden ist. Millionen Tiere sind leider schon daran gestorben.«

Mira schluckte den Kloß, der sich mit einem Mal in ihrem Hals gebildet hatte, hinunter und versuchte, die aufkommenden Tränen zurückzuhalten.

Ihr Blick fiel auf die Putzkolonne, die sich in dem Augenblick vom anderen Ende des Strands näherte und den angeschwemmten Unrat aufsammelte.

Sie hatte das plötzliche Bedürfnis, selbst dafür zu sorgen, dass der Strand von all diesem Schmutz befreit wurde. »Können wir nicht mithelfen?«

Miras Eltern tauschten einen kurzen Blick, woraufhin ihr Vater mit den Schultern zuckte. »Warum eigentlich nicht? Lasst uns unseren Beitrag für die Umwelt leisten.«

Mira strahlte.

Als sie die Gruppe fragten, ob sie helfen konnten, war diese sehr dankbar und nahm die Hilfe gern an.

Es waren auch ein paar Jugendliche dabei, unter anderem die Geschwister Lena und Valentin. Mit beiden verstand Mira sich super. Doch als sie fragten, ob sie mit ihnen anschließend ein Eis essen gehen wollte, lehnte sie ab. Sie hatte keine Lust, sich wieder irgendwem anzuvertrauen, der ihr am Anfang sympathisch erschien, hinterher aber erneut nur eine

Enttäuschung bereithielt – zumal sie in diesem Ort nur Urlaub machte. Die beiden würde sie demnach nie wiedersehen. Ein wenig traurig stimmte Mira das schon, als sie zusammen mit ihren Eltern die Gruppe verließ.

Ihren letzten Tag an der Ostsee verbrachten sie mit einem Bummel durch die nächstgrößere Stadt, wo Mira sich als Andenken einen kleinen Strandkorb kaufte, der mit Muscheln dekoriert war und auf dem eine Möwe saß. Außerdem besuchte sie, wie sie sich vorgenommen hatte, noch einmal die kleine Buchhandlung. Zu Miras Überraschung erkannte die Verkäuferin sie tatsächlich wieder.

Sie wurde ein wenig wehmütig, dass sie am nächsten Tag schon wieder nach Hause fahren würden. Die eine Woche war viel zu schnell vorbeigegangen.

Abends unternahmen sie einen letzten Spaziergang am Strand und setzten sich auf dieselbe Mauer, auf der Mira bereits einige Tage lesend verbracht hatte. Sie hatten einen perfekten Blick auf die Sonne, die sich in einem herrlichen Orange langsam, aber unaufhaltsam dem Wasser des Meeres näherte, bis sie hinter dem Horizont verschwand und nur noch einen roten Schein hinterließ.

Als es bald darauf fast komplett dunkel war, staunte Mira. »Wow! Sind das viele Sterne. So viele können wir bei uns zu Hause nie sehen.«

»Das stimmt. In einer Stadt wird es niemals so dunkel sein wie hier. Deshalb können wir zu Hause nur einen Teil der Sterne sehen«, erklärte ihre Mutter.

Noch einmal wünschte sich Mira, sie würden mehr Zeit an der Ostsee verbringen können.

Kapitel 12

Der Briefkasten vor ihrem Reihenhaus quoll über. Vielleicht hätten sie doch jemanden bitten sollen, ihn regelmäßig zu leeren. Das meiste war allerdings nur Werbung und wanderte umgehend in die Altpapiertonne.

»Mira, hier ist Post für dich.«

Miras Herz machte einen kurzen Hüpfer. War die Karte von Marcel? Hatte er nur vergessen, ihr zu sagen, dass er in den Urlaub flog oder fuhr?

Ihre Hoffnung wurde sofort wieder zerstört, als sie las, vom wem sie wirklich war.

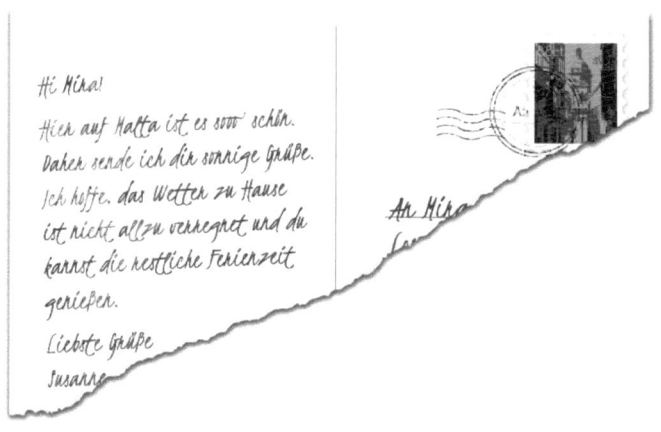

Hi Mira!

Hier auf Malta ist es sooo' schön. Daher sende ich dir sonnige Grüße. Ich hoffe, das Wetter zu Hause ist nicht allzu verregnet und du kannst die restliche Ferienzeit genießen.

Liebste Grüße
Susanne

An Mira

Mira verzog das Gesicht und zerriss die Karte umgehend in kleine Schnipsel, die sie anschließend zusammen mit der Werbung im Altpapier entsorgte. Missmutig ging sie hinauf in ihr Zimmer.

Hatte Susanne etwa immer noch nicht kapiert, dass Mira nichts mehr mit ihr zu tun haben wollte? Dabei hatte sie angenommen, nach Susannes Abgang am Tag nach der Party hätte sich die Sache ein für alle Mal erledigt. Nun graute ihr allmählich vor dem Beginn des neuen Schuljahres. Kaum zu glauben, dass es in zwei Tagen schon so weit sein würde. Der Gedanke daran versetzte ihr einen Stich. Allerdings hatte sie schon einen Plan gefasst, den sie knallhart durchziehen würde. Nichts und niemand konnte sie mehr davon abhalten.

Als sich Mira am Montagmorgen dem Schulgebäude näherte, hatte sie doch mächtig Bauchschmerzen. Fast fühlte es sich an wie am allerersten Tag, als sie auf diese Schule gekommen war und noch niemanden gekannt hatte, weil all ihre Klassenkameraden aus der Grundschule auf andere Schulen gingen. Ihre Schritte wurden immer langsamer, je näher sie ihrem Klassenzimmer kam. Vor dessen Tür blieb sie stehen, atmete noch einmal tief durch, trat ein und versuchte, dabei so selbstgewusst wie möglich zu wirken.

Susanne war bereits an ihrem Platz. Der Stuhl neben ihr war leer. Kein Wunder, vor den Ferien hatte Mira dort gesessen.

Mira betrat den Raum und zögerte, als Susanne sich betont aufrichtete. Sie war noch nicht soweit, ihrer ehemaligen Freundin zu vergeben und hatte Angst, erneut verletzt zu werden.

Mira ließ den Blick durch den Klassenraum schweifen. Ganz hinten in der Mittelreihe entdeckte sie einen komplett freien Tisch. Die

beiden Jungs, die dort gesessen hatten, mussten eine Ehrenrunde drehen. Perfekt!

Betont lässig schlenderte Mira auf ihren
neuen Platz zu. Nur aus dem Augenwinkel
nahm sie wahr, dass Susannes Blick ihr folgte.
Ihre Gesichtszüge entgleisten.

Tja, damit hast du wohl nicht gerechnet, was?

Beleidigt drehte sich Susanne wieder nach
vorn, was Mira schmunzeln ließ. Susanne
kramte ihr Handy und ihre Bürste aus der Tasche, kämmte sich die Haare und schoss einige
Fotos von sich selbst – immer in unterschiedli-
chen Posen. Mira fand das mehr als lächerlich.
Warum waren ihr solche Kleinigkeiten eigentlich nicht viel früher aufgefallen?

Nach und nach trudelten die anderen Schüler ein. Die Geräuschkulisse im Raum wurde
immer lauter. Schließlich mussten noch vor
Stundenbeginn alle Ferienerlebnisse ausge-
tauscht werden.

Auf einmal betrat ein fremdes Mädchen mit
roten Locken das Klassenzimmer und sah sich
um. »Entschuldigung, bin ich hier in der 10b?«,
fragte sie schüchtern.

Jannis nickte mehrmals. Seine Brille rutschte
ihm auf die Nasenspitze. Er schob umgehend

wieder hoch. »Ganz richtig. Das ist die 10b, letztes Jahr als beste Klasse der Schule abgeschnitten.«

Oller Angeber. Mira schüttelte grinsend den Kopf. Sie mochte Jannis. Er war voll in Ordnung und setzte sich stets für die Klasse ein. Daher war es nicht verwunderlich, dass er Jahr für Jahr zum Klassensprecher gewählt wurde.

Die Neue war allerdings schlau genug, nicht näher auf Jannis' Worte einzugehen, sondern nur freundlich zu nicken. Jannis hätte ihr sonst sicher einen nicht enden wollenden Vortrag gehalten – reden war nun mal seine Spezialität. Abermals ließ sie ihren Blick schweifen.

Auf einmal schoss Susannes Arm in die Höhe. »Neben mir ist noch ein Platz frei.« Sie streckte nun also ihre Fühler schon nach einem neuen Opfer aus?

Mira verzog genervt das Gesicht.

Das Mädchen runzelte die Stirn, machte aber keine Anstalten, sich zu Susanne zu setzen. Stattdessen kam sie direkt auf Mira zu. »Hi, ich bin Katrin. Ist der Platz neben dir noch frei?«

Mira konnte sich ein Schmunzeln nicht verkneifen. »Ja, klar, setz dich nur. Willkommen in unserer Klasse. Ich bin Mira.«

Wieder beobachtete sie Susannes Reaktion lediglich aus dem Augenwinkel. Sie musste sich extrem zusammenreißen, um nicht laut loszuprusten.

Susanne starrte zu ihnen herüber wie ein Fisch auf dem Trockenen – mit großen Augen und vor Entsetzen aufgerissenem Mund. Im nächsten Moment drehte sie sich mit einem Ruck nach vorn und verschränkte die Arme vor der Brust.

Um nicht doch noch lachen zu müssen, wandte sich Mira Katrin zu. »Bist du sitzen geblieben?«

Das Mädchen schüttelte lächelnd den Kopf. »Nein, wir sind umgezogen. Bis vor drei Wochen haben wir auf Rügen gewohnt. Aber meine Eltern hatten die Nase vom Inselleben voll. Daher sind wir zurück in ihre ursprüngliche Heimat gezogen. Ich selbst war nur mal in den Ferien in der Stadt, wenn wir meine Großeltern besucht haben.«

»Oh, dann ist das bestimmt alles ganz ungewohnt für dich, oder?«

»Das kannst du wohl laut sagen. So ein Großstadtleben ist gar nichts für mich. Ist mir zu hektisch und laut.«

»Ja, das ist es. Aber vielleicht gewöhnst du dich mit der Zeit daran.«

Katrin zuckte mit den Schultern. »Vielleicht.«

»Guten Morgen, meine Lieben. Ich hoffe, ihr hattet alle schöne Ferien und startet nun voller Elan und Tatendrang ins neue Schuljahr. Ehe ich es vergesse. Wer von euch ab sofort mit Sie angesprochen werden möchte – denn das steht jedem ab der zehnten Klasse zu –, möge sich bitte jetzt melden. Ansonsten würde ich ganz einfach weiterhin beim Du bleiben.« Eine quirlige Frau um die fünfzig war ins Klassenzimmer gestürmt, hatte die Tür hinter sich geschlossen und ihre Tasche aufs Lehrerpult gelegt. Sie sah ihre Klasse erwartungsvoll an.

Genau in dem Moment, als es zum Stundenbeginn klingelte, ging die Tür wieder auf.

Mira staunte nicht schlecht, als sie sah, wer auf den letzten Drücker in die Klasse hetzte.

»Entschuldigen Sie bitte die Verspätung. Mein Fahrrad hatte einen Platten«, sagte Marcel keuchend. Er setzte sich auf den erstbesten freien Stuhl– direkt neben Jannis.

Noch immer konnte Mira es nicht fassen. Nicht ein Wort hatte Marcel darüber verloren, dass er eine Ehrenrunde drehen musste. Also eine weitere Sache, die er ihr verschwiegen hatte. Schien wohl ein Motto von ihm zu sein. Außerdem hatte er ihr nicht erzählt, dass er vor Kurzem achtzehn geworden war. Hätte er dann nicht sogar zwei Klassen über ihr sein müssen? Der Gedanke war ihr geradezu blitzartig in den Sinn gekommen. Vorher hatte sie noch nie darüber nachgedacht.

Obwohl sie mit ihm eigentlich durch war, weil sie nach der Aufräumaktion keinen Piep mehr von ihm gehört hatte, schlug Miras Herz gerade bis zum Hals.

»Gut. Sind jetzt alle da?« Die Lehrerin runzelte die Stirn und sie ihren Blick durch den Klassenraum schweifen ließ. »Am besten lese ich die Klassenliste vor und ihr meldet euch, sobald ihr euren Namen hört. Jaja, stöhnt nicht. So kann man sich auch viel besser die Namen zu den neuen Gesichtern einprägen.«

Mira konnte nicht aufhören, auf Marcels Hinterkopf zu starren, und bekam daher kaum etwas von dem mit, was gesagt wurde.

Hatte Marcel bereits bemerkt, dass sie nur ein paar Reihen hinter ihm saß? Sie konnte es sich irgendwie nicht vorstellen, so schnell, wie er sich neben Jannis gepflanzt hatte, ohne sich genauer im Klassenraum umzuschauen.

Mira schreckte hoch, als ihr Name aufgerufen wurde. Aber im selben Augenblick erinnerte sie sich an den Grund dafür und meldete sich.

Marcel drehte sich erschrocken um und lächelte sie an. Sie ignorierte ihn und versuchte sich stattdessen voll und ganz auf das zu konzentrieren, was die Klassenlehrerin sagte. Das klappte zwar nicht gut, aber sie erzählte in der ersten Stunde nach den Ferien sowieso immer nur Organisatorisches.

»Ich möchte euch bitten, den Neuen an unserer Schule ein wenig helfend unter die Arme zu greifen. Mira, würdest du das bei Katrin übernehmen, wo ihr nun schon nebeneinandersitzt? Und ... Tobias, du vielleicht bei Philipp, ja?«

Sowohl Tobias als auch Mira nickten.

Kaum klingelte es zur kleinen Pause, sprang Marcel auf und kam auf Mira zu. »Mira! Ich freue mich so, dich zu sehen.«

Sie ignorierte ihn weiterhin und wandte sich stattdessen Katrin zu. »Soll ich dir schon mal die Schule zeigen? In der kleinen Pause schaffen wir zwar nicht allzu viel, aber zumindest ein wenig.«

Irritiert sah Katrin zwischen ihr und Marcel hin und her. »J… ja, ist gut.«

»Super!« Schnell stand Mira auf, ließ Marcel links liegen und verließ mit der neuen Mitschülerin im Schlepptau das Klassenzimmer.

»Das sind die Toiletten, und zwar in jeder Etage an derselben Stelle«, erklärte Mira, nachdem sie mit Katrin, die kaum mit ihr Schritt halten konnte, über den Gang geeilt war.

»Du bist wohl nicht so gut auf diesen Marcel zu sprechen, oder?«

»Ja, so kann man das auch nennen. Weißt du, ich lasse mich nicht gern verarschen. Ich hatte angenommen, er wäre anders. Doch da habe ich mich anscheinend gründlich geirrt. Ich fasse es nicht, dass der Kerl jetzt auch noch in unserer Klasse ist!«

Katrin nickte verständnisvoll.

»Sorry, dass ich dich eben so überfallen habe, aber ich musste einfach raus.«

Lächelnd winkte Katrin ab. »Mach dir mal darüber keinen Kopf. Nun weiß ich zumindest, wie ich aufs Klo komme.«

Erleichtert erwiderte Mira ihr Lächeln. »Das stimmt. Und alles andere zeige ich dir in der großen Pause. Da haben wir deutlich mehr Zeit.«

Sie kehrten in das Klassenzimmer zurück, wobei Mira Marcels traurigen Blick, den er ihr zuwarf, geflissentlich übersah. Beinahe hätte sie aus alter Gewohnheit die Richtung zum Platz neben Susanne eingeschlagen, besann sich aber gerade noch rechtzeitig.

In der nächsten Hofpause ging Mira mit Katrin die Treppe hinunter, als hinter ihnen die Stimme von Marcel ertönte. »Mira! Bitte, können wir kurz reden?«

Anscheinend brachte sie ignorieren allein nicht weiter. Mira seufzte, hielt aber nicht an. »Ich wüsste nicht, was es zu reden gäbe.«

»Ich würde dir gern erklären, warum ich mich in den letzten Wochen nicht bei dir melden konnte.«

Nun blieb Mira doch stehen und funkelte Marcel wütend an. »Du weißt, dass ich gerade eine scheinbare Freundin verloren habe, dass Susanne mich hintergangen und nur benutzt hat. Du hast dich ähnlich benommen nach der

Aufräumaktion bei dir zu Hause! Wochenlang habe ich nichts von dir gehört und dann sagst du mir, dass es nicht *möglich* war, mir eine Nachricht zu schreiben? Ein kurzes Lebenszeichen zu senden? Tut mir leid, Marcel, aber ich kann mir das gerade nicht anhören. Lass mich bitte in Ruhe.« Sie ließ Marcel zum zweiten Mal an diesem Tag einfach stehen.

»Oha, das riecht nach Ärger im Paradies«, flüsterte ein Junge.

»Da hat unser Kronprinz wohl eine saftige Abfuhr bekommen. Ist er bestimmt nicht gewohnt, der Arme«, antwortete ein anderer.

Nachdem Mira Katrin die Bibliothek gezeigt hatte, saßen sie an einem Tisch in der Mensa und tranken je eine Saftschorle.

»Meinst du nicht, dass du vielleicht doch noch mal mit ihm reden solltest? Als du eben weggegangen bist, sah er ziemlich mitgenommen aus. Ich weiß natürlich nicht, was zwischen euch beiden vorgefallen ist, aber möglicherweise hat er eine ganz vernünftige Erklärung für sein Verhalten.«

Traurig schüttelte Mira den Kopf. »Nein, das glaube ich eher weniger. Und selbst wenn, sind das wahrscheinlich eh nur wieder irgendwelche Halbwahrheiten. Dafür hätte der Typ echt einen Preis verdient. Für mich ist dieser Zug endgültig abgefahren. Aber jetzt erzähl doch mal lieber ein bisschen von dir.«

Katrin erzählte, dass sie einen jüngeren Bruder hatte und ihr größtes Hobby das Malen und Zeichnen war. »Für Nils ist es bestimmt viel einfacher, sich zurechtzufinden. Er kommt erst in diesem Jahr aufs Gymnasium. Aber natürlich vermisst er genau wie ich unsere Freunde, die wir auf Rügen zurücklassen mussten. Klar, man sagt immer, dass man weiterhin in Kontakt bleibt und sich gegenseitig besucht. Im Moment schreibe ich mit meinen Freunden fast täglich und oftmals telefonieren wir auch. Aber machen wir uns nichts vor. Irgendwann wird der Tag kommen, an dem der Kontakt abbricht und einst tolle Freunde der Vergangenheit angehören.« Katrin zuckte mit den Schultern. »Nun ja, so ist das Leben halt, aber es geht immer weiter, egal wie.«

»Schon blöd, dass Eltern einfach so über die Köpfe ihrer Kinder hinweg solch gravierenden Entscheidungen fällen dürfen. Mitentscheidungsrecht erst ab achtzehn.«

Katrin seufzte. »Wem sagst du das. Was meinst du, wie oft Nils und ich mit unseren Eltern über das Thema Umzug diskutiert, ja, fast schon gestritten haben? Und was hat es uns gebracht? Nichts! Egal, jammern bringt auch nichts. Ich versuche einfach, das Beste aus der Situation zu machen.«

»Wenn du willst, helfe ich dir dabei, dich bei uns einzuleben.«

Katrin lächelte Mira an. »Das wäre wirklich großartig.«

Kapitel 13

Gerade als Mira an ihrem Schreibtisch über die Materialliste für das nächste Schuljahr saß und ankreuzte, was sie noch besorgen musste, klingelte es unten an der Haustür. Wer konnte das um diese Uhrzeit sein? Vielleicht der Postbote? Da ihre Eltern arbeiten waren, öffnete sie. »Du?!«

Vor der Tür stand niemand anderes als Marcel. »Hallo, Mira.«

Mira verschränkte die Arme vor der Brust und lehnte sich an den Türrahmen. »Du bist hartnäckig, hm?« Sie musste aufpassen, dass ihre Mundwinkel nicht anfingen zu zucken. Irgendwie war es schon toll, dass er sich nicht so leicht von ihr abwimmeln ließ. Andererseits ähnelte dieses Verhalten sehr dem von Susanne. Außerdem hatte sie immer noch die

Sorge, dass auch er es nicht ehrlich mit ihr meinte – nach all dem, was er ihr verschwiegen hatte.

»Nein. Bitte, Mira, lass uns reden.«

»Wozu? Damit noch mehr Dinge ans Licht kommen, die du mir verheimlicht hast? Oder musst du vor deinen Klassenkameraden – oder sollte ich besser ehemalige Klassenkameraden sagen? – wieder die große Show abziehen?« Ihr Herz pochte. Waren ihre Worte zu hart gewesen? Aber gleich nachgeben wollte sie auch nicht.

»Nein, natürlich nicht. Das ist alles echt blöd gelaufen. Bitte lass es mich erklären. Wenn du mich danach immer noch nie mehr sehen möchtest, dann akzeptiere ich es, obwohl mir das wirklich sehr schwerfallen würde. Doch bitte gib mir nur diese eine Chance.«

»Komisch, dafür fiel dir das In-Ruhe-Lassen in den letzten Wochen erstaunlich leicht.« Mira seufzte ergeben. »Vorher gibst du anscheinend eh nicht auf.« Sie runzelte die Stirn. »Was versteckst du da eigentlich die ganze Zeit hinter deinem Rücken?«

»Oh, das ist nichts weiter, nur dieses Grünzeug.« Er hielt ihr eine einzelne Sonnenblume entgegen. »Mein Versöhnungsgeschenk für dich.«

Nun musste sich Mira doch glatt ein Schmunzeln verkneifen. »Na, dann behalt es mal schön. Denn ich weiß noch nicht, ob ich mich mit dir versöhnen möchte. Aber komm erst mal rein.«

Marcel folgte Mira ins Wohnzimmer, wo sie sich direkt in den Sessel fallen ließ, damit er keine Chance hatte, sich neben sie zu setzen. Er nahm ihr gegenüber auf dem Sofa Platz.

Mira verschränkte die Arme vor der Brust und sah ihn an.

Marcel räusperte sich. »Wie gesagt, es ist alles echt blöd gelaufen. Normalerweise wird der Müll Montagfrüh abgeholt – dem war auch tatsächlich so.«

Mira runzelte die Stirn. Was hatte denn bitte der Müll damit zu tun, dass Marcel sich nicht bei ihr gemeldet hatte? Statt nachzufragen, schwieg sie weiterhin.

»Meine Eltern kamen aber bereits am Sonntag spät abends zurück. Genauer gesagt exakt in der Zeit, in der ich dich nach Hause gebracht hatte. Deshalb haben sie natürlich das ganze Desaster sofort entdeckt. Die vielen Müllsäcke

neben der Tonne waren wohl kaum zu überse-
hen.«

»Hast du mir nicht erzählt, Partys in deinem
Haus wären keine Seltenheit? Und wir haben
auch alles tipptopp aufgeräumt.«

Zerknirscht nickte Marcel. »Das ist vollkommen richtig. Aber weil ich in diesem Jahr sitzen
geblieben bin, haben sie mir ein Partyverbot
für die Sommerferien auferlegt. Normalerweise wäre das für mich keine große Strafe. Ich
habe dir erzählt, was Partys für mich bedeuten.
Ich hatte auch kein Problem damit, die Party
am letzten Schultag abzusagen. Ursprünglich
wollte ich mich rausschleichen und sie trotz
Verbot besuchen – quasi als Schlussstrich. Allerdings hat mir unser Gespräch im Park wieder die Augen geöffnet, dass Partys eben nicht
alles waren. Ich glaube, mit der Zeit hatte ich
das einfach vergessen. Vielleicht können Partys wie Zigaretten und Alkohol zu einer Sucht
werden, ich weiß es nicht.«

»Aber warum hast du dann trotzdem diese
Party veranstaltet?«

»Für dich. Ich ging schließlich auch davon
aus, dass meine Eltern es nicht rausbekommen
würden. Und selbst wenn, hätte ich niemals

mit den Folgen gerechnet, die die Aktion nach sich zog.«

Fragend hob Mira die Augenbrauen.

Einige Sekunden lang herrschte Stille, in der nur das Ticken der Wanduhr zu hören war.

»Meine Eltern nahmen mir sofort Handy und Laptop weg und am nächsten Morgen brachte mich mein Vater persönlich zu meiner Oma aufs Land, damit ich keine Möglichkeit hatte, mit dem Auto zurückzufahren. Sie hat kein Internet und der nächste Bahnhof ist zu Fuß nicht zu erreichen. Dort saß ich also den Rest der Ferien fest und wurde von meinem Vater erst gestern Abend abgeholt. Mein Handy und meinen Laptop habe ich heute Nachmittag wiederbekommen. Ich hatte mir auch vorgenommen, gleich nach der Schule zu dir zu kommen, wenn ich dich nicht schon in der Pause gesehen hätte.«

»Und das soll ich dir glauben? Du musst zugeben, dass das alles nach einer etwas haarsträubenden Geschichte klingt.«

Verlegen kratzte sich Marcel am Hinterkopf. »Ich kann verstehen, dass du das denkst. Aber ich habe es verdient. Mit meinen Eltern möchte ich es mir nämlich nicht verscherzen, denn eigentlich haben wir ein ziemlich gutes Verhältnis – wenn auch oft unterschiedliche Ansichten, doch das ist schließlich normal. Die Folgen diesmal fielen allerdings wirklich krass aus. Damit hatte ich im Leben nicht gerechnet, sonst hätte ich vielleicht einen anderen Weg für die Party deines Lebens gesucht. Egal, es ist, wie es ist, und ich bereue nichts.« Mit einem Ruck setzte er sich aufrecht hin. »Ich werde dir beweisen, dass ich das alles nicht nur erfunden habe.« Er stand auf und hielt ihr auffordernd die Hand hin.

Mira ignorierte diese. »Und wie, bitte schön?«

»Meine Mutter wird dir alles bestätigen. Ich bin kein Lügner. Los, komm!«

Zögernd stand Mira auf und folgte ihm zu seinem Auto.

Nur wenig später stürmten die beiden die Küche, in der Marcels Mutter gerade dabei war, das Mittagessen zuzubereiten, das unfassbar lecker roch. Prompt lief Mira das Wasser im Mund zusammen.

»Himmel, habt ihr mich erschreckt!« Frau Huber schlug sich auf die Brust.

»Sorry, Mama, das war nicht unsere Absicht. Aber du musst mir ganz dringend einen Gefallen tun.«

Sie sah ihren Sohn skeptisch an. »So, muss ich das? Worum geht es denn?«

»Kannst du Mira bitte erklären, warum ich mich bis heute nicht bei ihr melden konnte? Und ruhig die uneingeschränkte Wahrheit. Ich stehe schließlich zu meinen Fehlern.«

Frau Huber musterte sie kurz. »Du bist also Mira. Ich habe schon einiges von dir gehört.«

Mira spürte die Hitze in ihrem Gesicht. Sie wollte darauf reagieren, aber Marcels fuhr Mutter direkt fort und bestätigte hundertprozentig, was er ihr schon zuvor erzählt hatte.

Erwartungsvoll sah er sie an. »Glaubst du mir jetzt, dass ich dir keinen Mist erzählt habe?«

Mira nickte und kraulte Booser, der zu ihnen in die Küche gekommen war, um sie zu begrüßen. Sie hatte ein richtig schlechtes Gewissen, weil sie Marcel die ganze Zeit über Unrecht getan hatte.

Er führte Mira hinauf in sein Zimmer.

Dieses war riesig. Da hätte Miras zweimal hineingepasst – mindestens.

In einer Nische mit Fenster stand sein Bett. Neben einem Schreibtisch und einem verhältnismäßig großen Kleiderschrank gab es eine komplette Couchlandschaft. Ein riesiger Flachbildfernseher hing an der gegenüberliegenden Wand. Auf dem kleinen Fernsehschränkchen darunter standen gleich mehrere Spielkonsolen samt VR-Brille. Alles in allem war das Zimmer ziemlich unordentlich.

Mira nahm auf der Couch Platz, nachdem sie ein paar Klamotten zur Seite geschoben hatte. »Warum hast du eigentlich nicht erwähnt, dass du eine Ehrenrunde drehen musst? Außerdem bist du zwei Jahre älter als ich. Bist du etwa schon einmal sitzen geblieben?«

Schulterzuckend setzte er sich neben sie. »Ich habe es für nicht so wichtig erachtet. Das ist nichts, womit ich gern hausieren gehe. Ich hätte nie erwartet, auf einmal in deiner Klasse zu landen. Aber ich muss zugeben, dass das durchaus ein positiver Nebeneffekt ist. Und nein, ich bin nicht schon einmal sitzen geblieben. Bei der Schuleignungsprüfung stellte sich heraus, dass es besser für meine Entwicklung wäre, mich erst mit sieben einschulen zu lassen.«

»Positiver Nebeneffekt, wie?«

Marcel nickte lächelnd.

Sie fand es nur fair, ihm nun ebenfalls etwas zu gestehen, auch wenn ihr Herz gerade wie wahnsinnig schlug. »Okay, ich glaube, es ist an der Zeit, dass ich dir mein kleines Geheimnis verrate.«

Verblüfft sah Marcel Mira an. »Sag bloß, du hast mir ebenfalls etwas verschwiegen. Dabei hast du dich bei mir so darüber aufgeregt.«

Zerknirscht nickte Mira. »Ich weiß und ich komme mir total blöd vor. Aber mir war es extrem peinlich – nein, das ist falsch. Denn ist es mir immer noch peinlich. Ich bin auch gar nicht sicher, wie ich es dir überhaupt erzählen soll. Vor allem, weil ich ein wenig Angst habe, wie du darauf reagieren wirst. Vielleicht bist du dann total sauer auf mich und wirfst mich hochkantig raus.«

Marcel zog eine Augenbraue hoch. »So schlimm? Das kann ich mir bei dir überhaupt nicht vorstellen. Jetzt hast du mich verdammt neugierig gemacht. Und nein, ich werde dich sicher nicht rauswerfen. Los, erzähl.«

Mira atmete tief durch. »Du erinnerst dich an unsere erste Begegnung im Park, als ich dir sagte, dass ich wüsste, wie du heißt, weil ich das mal ganz zufällig in der Schule mitbekommen hätte?«

Marcel nickte stirnrunzelnd.

»Nun, so ganz zufällig war das vielleicht doch nicht. Es ist schon eine Weile her, dass du mir auf dem Schulhof aufgefallen bist. Seitdem habe ich dich manchmal heimlich beobachtet. Ich musste aufpassen, dass Susanne das nicht mitbekommt. Die hätte mich bestimmt dafür ausgelacht. Na ja, und du solltest davon natürlich erst recht nichts merken. So, nun ist es raus.« Die ganze Zeit über hatte Mira auf ihre Hände gestarrt, die sie fest aneinanderdrückte. Als sie nun aufsah und Marcels Blick begegnete, stutzte sie. »Wieso grinst du denn?«

Er sagte bloß: »Warte einen Augenblick. Ich bin gleich wieder da.« Dann rannte er förmlich aus dem Zimmer und ließ eine völlig verwirrte Mira zurück.

Nur wenig später kam er wieder herein – eine Hand auf dem Rücken. Nachdem er die Tür geschlossen hatte, hielt er ihr wie schon vorhin die Sonnenblume entgegen, die er vor der Fahrt hierher auf die Rückbank seines Autos gelegt hatte. »Liebste Mira, nimmst du jetzt vielleicht mein Versöhnungsgeschenk an?«

Lächelnd stand sie auf, ging auf ihn zu und nahm ihm die Blume an. »Ja, sehr gern.«

Ehe Mira reagieren konnte, beugte Marcel sich vor und küsste sie. Im ersten Moment war sie total perplex, doch nach wenigen Sekunden erwiderte sie den Kuss.

Als sie sich voneinander lösten – wenn auch nur sehr widerwillig –, sah Marcel sie lächelnd an. »Das wollte ich schon die ganze Zeit tun.«

»Du meinst, damit die drei Typen aus deiner alten Klasse dir auch wirklich glauben? Hast du wenigstens ein Foto davon gemacht, um ein ordentliches Beweismittel auf Instagram posten zu können?« Sie hatte das in einem so ernsten Tonfall gesagt und ohne die kleinste Miene zu verziehen.

Marcel starrte sie an.

Mira lachte und knuffte ihm gegen die Brust. »Hey, war doch nur Spaß.«

»Du kleines Luder. Ich zeig dir jetzt mal, was Spaß wirklich bedeutet.« Er stürzte sich auf sie.

Mira schaffte es gerade noch rechtzeitig, die Sonnenblume auf den Tisch zu legen, ehe sie rücklinks auf die Couch fiel und Marcel sie ordentlich durchkitzelte.

Erst als Mira völlig verzweifelt nach Luft japste, ließ er von ihr ab.

Schnaufend setzten sie sich wieder vernünftig hin.

»Sag mal, hat diese Susanne eigentlich nach der Party oder ihrem morgendlichen Auftritt bei dir noch irgendwas gesagt?«

Mira erzählte ihm von der Urlaubspostkarte.

Fassungslos schüttelte Marcel den Kopf. »Das habe ich nun wirklich nicht erwartet. Im Gegenteil, ich hatte eher angenommen, sie hätte nach ihrem Abgang endgültig eingesehen, dass sie dich als zukünftige Spielkameradin verloren hat.«

»Ja, das hatte ich auch gedacht – und vor allem gehofft«, sagte Mira. »Egal, ich werde sie einfach weiterhin ignorieren. Irgendwann wird sie es schon raffen.«

»Habe ich das vorhin richtig verstanden? Das Mädchen, neben dem du sitzt – diese Katja oder wie sie heißt –, ist ganz neu an unserer Schule?«

Mira musste schmunzeln. »Du und Namen, nicht wahr? Sie heißt Katrin und sie ist nicht nur neu an der Schule, sondern auch in der Stadt. Bis vor Kurzem hat sie noch auf Rügen gewohnt. Deshalb habe ich ihr angeboten, ihr beim Eingewöhnen in der Großstadt ein wenig unter die Arme zu greifen. Ich finde sie nämlich wirklich sympathisch. Auf jeden Fall scheint sie nicht so oberflächlich wie Susanne zu sein.«

»Das kann ich leider noch nicht beurteilen, du bist schließlich mit ihr vor mir weggerannt. Aber es ist nett von dir, dass du ihr helfen willst. Da fällt mir gerade etwas ein. Ich bin vorhin am Festplatz vorbeigefahren, der Jahrmarkt ist wieder in der Stadt. Wollen wir zusammen hingehen? Vielleicht hat Katrin Lust, mitzukommen.«

»Super Idee! Jahrmärkte findet jeder klasse. Die sind zwar immer etwas teuer, aber für ein paar Fahrten wird das Geld, das ich im Supermarkt verdiene, auf jeden Fall reichen. Ich frag Katrin morgen gleich mal. Wir sollten aber lieber den Samstag ins Auge fassen. In der Woche ist mir das zu stressig. Ich möchte den Jahrmarktbesuch in vollen Zügen genießen.«

»Klar, Samstag passt super. Und ich frage auch noch Frank, damit sich Katrin nicht wie das fünfte Rad am Wagen fühlt.«

»Eine sehr gute Idee.«

»Nicht wahr? Von mir kommen eben immer nur gute Ideen.«

Gespielt genervt rollte Mira mit den Augen.

Marcel sah sie schockiert an. »Ha… hast du etwa gerade mit den Augen gerollt?«

»Ich weiß nicht.« Sie musste sich ein Grinsen verkneifen.

»Du freche Göre! Na warte, das wirst du mir büßen.« Schon ging Marcel für die nächste Kitzelattacke auf Mira los, die sich mit Händen und Füßen zu wehren versuchte.

Nachdem beide wieder zu Atem gekommen waren, hatte Marcel eine Frage. »Aber sag mal, du hast mir noch gar nicht erzählt, wie du die erste Party deines Lebens fandst.«

Mira seufzte. »Nun, was soll ich sagen? An sich war sie ganz cool. Aber auch ziemlich laut und voll und manche Leute haben sich echt danebenbenommen. Dass Susanne auf dem Klo endete, hätte ebenfalls nicht unbedingt passieren müssen. Sind Partys immer so?«

Schmunzelnd antwortete Marcel: »Ja, meistens. Irgendeine Schnapsleiche gibt es eigentlich immer – zumindest, wenn auf der Party Alkohol angeboten wird.«

»Trinkst du auch welchen?«

»Habe ich schon mal, aber um ehrlich zu sein, gibt mir das nicht viel, außer dass es mir am nächsten Tag richtig scheiße geht. Darauf kann ich echt verzichten.«

Sie nickte. »Das klingt gut. Ich persönlich brauche auch keinen Alkohol. Um ehrlich zu sein, habe ich noch keinen probiert, das möchte ich auch gar nicht. Er hat mir bisher nicht gefehlt, also wozu sollte ich jetzt damit anfangen?«

»Das ist eine schöne Einstellung. Die solltest du dir unbedingt bewahren.« Marcel sah sie lächelnd an.

Als Mira am Abend im Bett lag, konnte sie lange Zeit nicht einschlafen. Immer wieder musste sie an ihren allerersten Kuss denken. Er war so wahnsinnig überraschend gekommen, aber er war dennoch wunderschön gewesen. Dass es ausgerechnet Marcel sein würde, den sie schon lange heimlich anhimmelte, hätte sie auch nicht erwartet. Nun war sie also tatsächlich mit ihm zusammen.

Das waren sie doch, oder? Sonst hätte er sie sicherlich nicht geküsst. Oder hatte dieser Kuss für ihn gar nichts zu bedeuten? Immerhin war

es auch nur einer gewesen. Zum Abschied hatten sie sich wieder nur umarmt.

Trotz der vielen Gedanken und Fragen, die
ihr im Kopf rumschwirrten, schlief sie irgendwann ein.

Kapitel 14

Am nächsten Tag ging Mira mit sehr viel besserer Laune zur Schule.

Katrin saß schon an ihrem Platz, als sie ankam.

»Guten Morgen«, begrüßte sie ihre neue Mitschülerin strahlend.

»Nanu, was ist denn mit dir passiert? Du bist ja wie ausgewechselt.«

»Ich habe deinen Rat befolgt. Marcel und ich haben uns gestern ausgesprochen, nachdem er unangemeldet bei mir auf der Matte stand.«

»Ehrlich? Oh, das freut mich für dich. Es scheint gut gelaufen zu sein«.

Mira wackelte leicht mit dem Kopf. »Das kann man wohl so sagen. Jedenfalls bin ich nun nicht mehr ungeküsst.« Den letzten Satz hatte Mira nur geflüstert – das musste nicht gleich die halbe Klasse wissen.

»Wow! Super!«, rief Katrin. »Das freut mich für dich.« Stürmisch umarmte sie Mira.

Diese kam sich für einen Wimpernschlag lang so vor wie bei Marcels Kussüberfall. Sie war solche Gefühlsausbrüche ihr gegenüber einfach nicht gewohnt. Zwischen Susanne und Mira war immer alles distanziert gewesen, keine Albernheiten und erst recht keine Umarmungen.

Ihr Blick glitt in Richtung Tür. Als hätte sie sie mit ihren bloßen Gedanken herbeigerufen, stand Susanne im Türrahmen – stocksteif, als wäre sie mitten in der Bewegung zur Salzsäule erstarrt.

Rasch wandte Mira den Blick ab und fragte Katrin stattdessen, ob sie Lust auf einen Besuch auf dem Jahrmarkt am Samstag habe.

»Das klingt super. Aber ich möchte euer junges Glück lieber nicht stören.«

»Ach, papperlapapp, du störst doch nicht. Außerdem will Marcel eh noch seinen besten Kumpel fragen, ob der auch Lust hat mitzukommen. Der ist nett.«

»Na, wenn das so ist, bin ich sehr gern dabei.«

Auch Frank war mit von der Partie und so trafen sie sich am Samstagnachmittag vor der Schule, um gemeinsam mit dem Bus zum Festplatz zu fahren. Sie hätten durchaus Marcels Auto nehmen können, aber der Parkplatz dort war recht klein und somit stets überfüllt. Außerdem befand sich die Haltestelle unmittelbar vor dem Eingang.

Als sie aus dem Bus stiegen, wehte ihnen sofort der typische Jahrmarktgeruch nach Popcorn, Zuckerwatte sowie Frittiertem und Gebratenem entgegen. Auch die Geräuschkulisse war nicht zu verachten: Musik, Rufe der Schausteller und Schreie der Fahrgäste. Hin und wieder plärrte ein Kind.

Mira strahlte. Sie liebte Jahrmärkte über alles. Es war ihr egal, dass sie mit ihren sechzehn Jahren schon fast erwachsen war. Hier wurde sie immer wieder selbst zum Kind.

Die Schlangen an den Eingangskassen waren um die Uhrzeit – der Rummel hatte erst vor knapp einer halben Stunde seine Tore geöffnet – noch überschaubar. Deshalb konnten sie schon wenige Minuten später den Festplatz betreten.

»Okay, Leute, was wollen wir denn als Erstes machen?«, fragte Marcel in die Runde. Auch ihm war die Vorfreude deutlich anzumerken.

Frank zeigte auf das Fahrgeschäft in der Nähe des Eingangs. »Wie wäre es mit einer Runde Magic? Ich finde, das ist für den Einstieg optimal.«

Mit großen Augen sah Katrin sich um. »Wow, ist das toll. So riesige Jahrmärkte kenne ich gar nicht. Genauso wenig wie Magic.«

»Nicht? Dann wird es aber höchste Zeit, damit zu fahren. Es ist wirklich ganz harmlos, macht dafür aber extrem viel Spaß. Zum Aufwärmen für härteres Zeug also perfekt. Zu viert passen wir auch prima in eine Gondel.« Sofort steuerte Mira auf das Kassenhäuschen zu und die anderen folgten ihr.

Da das Karussell gerade stand, konnte Katrin es zwar zuvor nicht in Bewegung sehen, aber die vier dafür sofort einsteigen, ohne warten zu müssen. Nur wenig später wurden sie auch schon schwungvoll umhergewirbelt.

Hin und wieder quietschte Katrin kurz auf und strahlte mit den anderen dreien um die Wette. »Das ist wirklich genial!«, schrie sie.

»Sag ich doch!«, brüllte Mira zurück.

Anschließend fuhren sie noch Breakdance – ein Fahrgeschäft, das auch Katrin kannte.

»Na, wer von euch traut sich in die Geisterbahn?«, fragte Marcel nach der Fahrt.

Abwehrend hob Katrin die Hände. »Also, ich nicht. Ich bin ein totaler Angsthase.«

Lächelnd legte Frank einen Arm um ihre Schulter. »Ach komm, wir Jungs passen schon auf euch auf. Wenn es zu schlimm wird, darfst du die Augen schließen und dich an mir festkrallen, okay?«

Katrin seufzte, ließ sich dann aber noch überreden, obwohl sie alles andere als begeistert aussah.

Mira und Marcel stiegen zuerst in einen Wagen, während Katrin und Frank auf den nächsten warteten.

»Ein bisschen leid tut sie mir. Sie wirkte ziemlich verängstigt.«

Marcel winkte ab. »Ach was, das wird schon. Und sie fährt schließlich auch nicht allein. Frank ist bei ihr.«

»Wow! Das war der absolute Hammer! Kann es sein, dass die darin was verändert haben? Sonst wusste ich eigentlich immer schon ganz genau, wann was kommt, und habe mich kaum noch vor den Effekten erschreckt. Aber heute … Heftig!« Mira strahlte.

»Ja, mir kam das auch so vor. Es war wesentlich dunkler als sonst. Ah, schau, da kommen sie.« Marcel deutete auf den Wagen, der soeben aus dem Inneren der Geisterbahn kam und anhielt.

»Oje, das sieht nicht gut aus.«

Katrin war käseweiß. Sie stieg mit zittrigen Beinen aus und kam auf sie zu. Neben ihr lief Frank und rieb sich mit schmerzverzerrtem Gesicht den Arm.

»Das war doch cool, oder?« Marcel strahlte. »Was fahren wir jetzt?«

Frank sah ihn an und schüttelte den Kopf.

»Cool? Nein, das war alles andere als cool. Das war der blanke Horror. Ich fahre nie, nie wieder mit einer Geisterbahn. Ich wäre da drin fast gestorben. Können wir ab sofort nur noch schöne Dinge machen? Bitte!« Katrin sah sich um. »Wie wäre es denn zum Beispiel mit der Achterbahn dort vorn? Die sieht doch spitze aus.«

Nun war es Mira, die ihre neue Klassenkameradin völlig entsetzt anstarrte. »Echt jetzt?

Erst keine Geisterbahn fahren wollen, aber dafür mit diesem Ungetüm? Das könnt ihr schön allein machen.«

»Warum das denn? In jedem Freizeitpark sind Achterbahnen doch immer das Highlight schlechthin und hier gibt es sogar eine auf dem Jahrmarkt.« Katrin sah Mira irritiert an.

Heftig schüttelte Mira den Kopf. »Highlight trifft es ganz richtig. Verdammt hoch sind die Dinger. Ich habe eine scheiß Höhenangst und steige nicht mal in ein Riesenrad ein – und das rast nicht so schnell in die Tiefe wie eine Achterbahn.

Marcel schmunzelte. »Na komm, so hoch wie ein Riesenrad ist eine Achterbahn nun wirklich nicht.«

»Genau. Außerdem ist man nur ganz kurz am höchsten Punkt. Danach geht es nur noch um Geschwindigkeit. Und diese Achterbahn hat nicht mal einen einzigen Looping, ist also total harmlos. Die richtige Achterbahn für Anfänger.« Frank sah sie flehend an.

Mit einem Schnaufen stieß Mira ihre Atemluft aus. Wie es schien, hatten die anderen alle Lust, mit der Höllenachterbahn zu fahren. Katrin war eben mit der Geisterbahn gefahren, obwohl sie panische Angst davor hatte. Vielleicht war es nun auch für Mira an der Zeit, über ihren eigenen Schatten zu springen. Doch sie wusste schon ganz genau, dass das ihre erste und zugleich letzte Achterbahnfahrt ihres Lebens sein würde. Aber zumindest würde ihr hinterher niemand vorwerfen können, dass sie es nicht wenigstens versucht hätte.

Mit heftig klopfendem Herzen folgte Mira den anderen schließlich zum Kassenhäuschen. Die Achterbahn sauste neben ihnen gerade die erste steile Abfahrt hinunter und deren Insassen brüllten sich die Kehlen aus den Leibern, als würden sie geradewegs in den Tod stürzen. Für einen Moment schloss Mira die Augen. *O mein Gott, hoffentlich überleb ich das.*

Den Fahrchip fest in der Hand, stand Mira dicht hinter Marcel. Vor ihm warteten Katrin und Frank in der langsam, aber unaufhaltsam weiter vorrückenden Schlange.

»Atmen, Mira. Immer schön tief ein und aus«, flüsterte Marcel ihr wie ein Mantra ins Ohr und nahm ihre Hand. »Du darfst mir während der Fahrt auch gern ins Ohr schreien, so laut du kannst. Ich halte das aus. Versprochen.«

Mira versuchte zu lächeln. Es misslang kläglich.

Ehe sie es sich versah, waren sie auch schon am Achterbahnzug angekommen.

Sie setzte sich mit äußerst wackeligen Knien auf den Platz neben Marcel. Wenigstens befanden sie nicht ganz vorn, sondern ziemlich genau in der Mitte.

Katrin, die schräg vor ihr neben Frank saß, drehte sich zu ihr um. »Kopf hoch, Mira. Das wird lustig. Du wirst schon sehen.«

Das wagte Mira ganz stark zu bezweifeln. Sie klammerte sich an der Haltestange fest, die soeben heruntergelassen wurde.

Der Zug setzte sich mit einem Ruck in Bewegung. Wie in Zeitlupe wurde er die Steigung hinaufgezogen.

Miras Atmen ging immer schneller und ihr Herz klopfte immer stärker. Mittlerweile traten ihre Fingerknöchel weiß hervor, so sehr krallte sie sich an der Stange fest. Warum gab es hier eigentlich keine Notbremse?

Eine Hand legte sich auf ihre. Sie sah panisch zu Marcel hinüber.

»Ganz ruhig atmen. Alles wird gut. Das verspreche ich dir.«

Das sagte er so leicht. Hastig schüttelte Mira den Kopf. »Ich werde sicher an einem Herzinfarkt sterben, gleich, jeden Moment. Ich kann es fühlen«, krächzte sie.

»Nein, das wirst du bestimmt nicht.«

Der erste Wagen hatte soeben den höchsten Punkt erreicht und kippte bereits vornüber.

Eigentlich wollte sie bei der großen Abfahrt die Augen schließen – das hatte sie sich jedenfalls felsenfest vorgenommen.

Allerdings ging es auf einmal rasend schnell. Die Achterbahn stürzte in die Tiefe. Mira schrie so laut wie noch nie zu vor in ihrem Leben. Panik ergriff sie. Ihr Bauch zog sich zusammen und er kribbelte, als wären Millionen Ameisen darin unterwegs.

Nach der Steilfahrt ging es ständig hoch, runter, Kurve links, Kurve rechts. Die Fahrt wurde rasanter und Mira verlor beinahe die Orientierung.

Die ständigen Richtungswechsel und sogar die kleineren Berg- und Talfahrten hingegen machten ihr wider Erwarten richtig Spaß. Sie schrie immer weniger und am Ende der Fahrt konnte sie sogar ein bisschen lachen. Ihr Herz klopfte immer noch, aber das merkte sie kaum.

»Du siehst gar nicht mehr so blass aus wie am Anfang der Fahrt«, sagte Marcel lächelnd, als sie wieder festen Boden unter den Füßen hatten.

Mira zuckte mit den Schultern. »Das Hochfahren war grauenvoll. Darauf hätte ich getrost verzichten können. Genauso wie auf die erste Abfahrt. Ich wäre wirklich am liebsten wieder ausgestiegen. Aber dann wurde es immer besser. Gut, da war es auch nicht mehr so hoch.«

»Heißt das, dir hat die Achterbahnfahrt letztendlich gefallen?«, hakte Katrin vorsichtig nach.

»Ich muss zugeben, es war doch ganz schön spaßig und ich würde eventuell sogar noch einmal damit fahren, da ich jetzt weiß, was auf mich wirklich zukommt.«

»Sofort?« Katrin strahlte Mira an.

Diese überlegte einen Moment, ehe sie antwortete: »Klar, warum eigentlich nicht? Vielleicht habe ich dann auch bei der großen Abfahrt weniger Angst.«

Ungläubig sah Marcel Mira an. »Bist du dir ganz sicher, dass du das wirklich möchtest?«

»Ja, bin ich.« Sie folgte Katrin erneut zum Kassenhäuschen.

Natürlich ließen es sich die Jungs sich nicht nehmen, ebenfalls eine weitere Runde mit der Achterbahn zu fahren.

Noch immer fand Mira den Weg zum höchsten Punkt schlimm, doch sie wusste mittlerweile zumindest, dass es sich lohnte. Bei der ersten Abfahrt schrie sie zwar wieder, aber gleichzeitig lachte sie auch dabei. Diesmal kam ihr die Fahrt allerdings viel kürzer vor als beim ersten Mal.

»Das war mir jetzt eindeutig zu viel Adrenalin auf einmal. Aber trotzdem toll. Ich brauche jetzt dringend Zuckerwatte oder Popcorn. Ganz egal, Hauptsache was Süßes.« Mira strahlte. Vergessen war, dass sie vor wenigen Minuten noch ihren eigenen Tod prophezeit hatte.

Lachend steuerten die vier den nächsten Süßwarenstand an.

Nach dem Jahrmarktbesuch begleitete Marcel Mira nach Hause. Endlich bot sich die Gelegenheit, auf die Mira schon die ganze Woche über wartete.

»Sag mal, Marcel«, sie räusperte sich, »sind wir jetzt eigentlich zusammen? So richtig?«

Lächelnd sah Marcel Mira an, die in dem Moment froh war, dass es bereits dunkel wurde und ihr Erröten hoffentlich weniger sichtbar war. »Wenn du das möchtest, wüsste ich nicht, was dagegenspricht.«

Abrupt blieb Mira stehen und nahm all ihren Mut zusammen. Nun war sie diejenige, die Marcel umarmte und küsste. In dem Moment war sie das glücklichste Mädchen auf der ganzen Welt.

Nachwort

Mit »Wer zuletzt lacht …« hast du neue Charaktere kennengelernt. Miras Geschichte endet hier. Doch wie fühlt sich Susanne jetzt, nachdem Mira ihr nicht mehr hilft? Das kannst du in der Kurzgeschichte »Susanne« nachlesen, wenn du möchtest. Willst du noch mehr über Miras neue Freundin Katrin erfahren? Dann halte die Augen offen, denn schon im Juli 2021 kannst du ihre Geschichte lesen.

Hat dir »Wer zuletzt lacht …« gefallen? Dann würde ich mich sehr über eine Rezension freuen – und selbst, wenn diese nur einen einzigen Satz umfasst. Denn Rezensionen unterstützen uns Autoren ungemein, weil die meisten Leser unter anderem anhand derer entscheiden, ob sie ein Buch lesen möchten oder nicht. Vielen Dank dafür im Voraus!

Danksagung

In erster Linie danke ich meinen Testlesern. Denn ohne sie wäre aus der ehemaligen Kurzgeschichte, die den völlig irreführenden Titel »Schöne Bescherung« trug, kein ganzes Buch – und im Grunde ja sogar mehr als das – entstanden. Sie waren sich allesamt einige: Sie wollten mehr – und nun bekommt ihr mehr.

Auch danke ich Christin für dieses schöne Cover. Beim ersten Anblick konnte ich noch gar nicht glauben, dass das einst *mein* Buch sein sollte.

Vielen, vielen Dank auch an meine Lektorin Luise, die aus der Geschichte eine runde Sache ohne Stolpersteine gemacht hat. Ich bin immer noch begeistert, wie gut ein Lektorat sein kann und wie viel ich dabei für zukünftige Projekte lernen konnte.

Danke auch an Rune, die im Korrektorat auch den letzten Fehlerteufeln den Kampf angesagt und sie vertrieben hat.

Ein großer Dank geht auch an Isabel, die kurz vor Toreschluss und auf die Schnelle die tolle Postkartengrafik erstellt hat.

Zum Schluss möchte ich mich noch bei dir bedanken, liebe/r Leser/in, dass du dich für Miras Geschichte interessiert hast. Ich hoffe, du hattest viel Spaß beim Lesen.

Bettina Huchler wurde am 8. Januar 1981 in Berlin geboren, wo sie auch noch heute lebt. Schreiben ist neben dem Lesen ihr größtes Hobby und zugleich der perfekte Ausgleich neben ihrem Brotjob im Büro.
Mittlerweile kann sie einige Veröffentlichungen verzeichnen. Zwar bisher meist nur Kurzgeschichten, aber sie wächst mit ihren Aufgaben – und ihre Bücher mit ihr.

Mehr Infos zu meinen Büchern und gibt es auf meiner Webseite: https://www.bettinahuchler.de

Susanne
Bettina Huchler

Achtung! Diese Kurzgeschichte ist ein Spin-off zum Buch „Wer zuletzt lacht …" und sollte nur im Anschluss daran gelesen werden, da sie Spoiler enthält.

Susanne ist eine Partymaus – sie lässt keine Feier aus. Für das Styling hat sie allerdings kein Händchen. Deshalb lässt sie sich von ihrer Klassenkameradin Mira helfen. Aber was soll sie tun, wenn Mira ihr die Hilfe plötzlich verwehrt?

Strike ins Glück
Bettina Huchler

Schon oft hat Gina ihrer besten Freundin Saskia von Oliver erzählt – ihrem Cousin, den sie nur selten sieht, weil er weit entfernt wohnt. Nun kommt er nach langem mal wieder zu Besuch und Gina bittet Saskia sie zu begleiten, als die Familie zum Bowling gehen möchte. Doch draußen ist es viel zu schön, um den Tag drinnen zu verbringen, wo der Sommer doch gerade erst angefangen hat ...

Das Licht am Ende des Tunnels
Bettina Huchler

Um die 16-jährige Marina herum ist alles dunkel und sie kann sich an nichts erinnern. Seit einem schweren Unfall liegt sie im Koma.

Wird sie es schaffen, je wieder ein normales Leben führen zu können oder wird diese Dunkelheit für immer bleiben? Und was ist das für seltsames Licht, das plötzlich auf sie herabscheint?

Die Plätzchenlotterie
Bettina Huchler

Alljährlich gibt es in der Schule einen Weihnachts-
basar. Der Klassenlehrer schlägt dieses Jahr einen
Stand mit Weihnachtsplätzchen vor. Karina und
Silke stehen daraufhin in der Küche und backen.
Als es zu einem Missgeschick mit einem kleinen
Vierbeiner kommt, gelangen sie zu der Idee mit der
Plätzchenlotterie.

EVA: Herrschaft *(Selvia-Reihe, Band 1)*
Franziska Szmania

Eva, Tochter eines Kaufmannes, lebt in einer Welt, in der die Männer regieren und Frauen keine Rechte haben. Für sie eine Normalität, die sie nicht infrage stellt. Doch der bevorstehende Heiratsmarkt und eine aufkommende Rebellion wecken Zweifel in ihr.

Zweifel, die sie nicht haben darf, Gedanken, die verboten sind, und Worte, die unerhört bleiben müssen. Jeder Versuch, sich den Geschehnissen zu entziehen, misslingt und am Ende muss sie erfahren, wozu die Männer, die geschworen haben, das schwache Geschlecht zu beschützen, fähig sind. Wird sie es schaffen, der Dunkelheit zu entfliehen und die Wahrheit über sich und ihre Heimat Selvia herauszufinden?